鉄道愛

[日本篇]

小池 滋
編集解説

晶文社

ブックデザイン　晶文社装丁室

鉄道愛［日本編］　目次

鉄道愛［日本編］

空知川の岸辺

国木田独歩

一

余《よ》が札幌《さっぽろ》に滞在したのは五日間である、僅《わずか》に五日間ではあるが余は此間《このあいだ》に北海道を愛するの情を幾倍したのである。

我国《わがくに》本土の中《うち》でも中国《ちゅうごく》の如《ごと》き、人口稠密《ちみつ》の地に成長して山をも野をも人間の力で平《たい》らげ尽したる光景を見慣れたる余にありては、東北の原野すら既に我《わが》自然に帰依《きえ》したるの情を動かしたるに、北海道を見るに及びて、如何《いか》で心躍《こころおど》らざらん、札幌は北海道の東京でありながら、満目の光景は殆《ほとん》ど余を魔し去ったのである。

札幌を出発して単身空知川《そらちがわ》の沿岸に向ったのは、九月二十五日の朝で、東京ならば猶《な》お残暑の候でありながら、余が此時《このとき》の衣装《ふくそう》は冬着の洋服なりしを思わば、此地の秋既に老いて木枯しの冬の間近に迫って居《い》ることが知れるのであろう。

目的は空知川の沿岸を調査しつゝある道庁《どうちょう》の官吏に会って土地の撰定《せんてい》を相談する

ことである。然《しか》るに余は全く地理に暗いのである。且《か》つ道庁の官吏は果して沿岸何《いず》れの辺に屯《たむろ》して居るか、札幌の知人何人《なんびと》も知らないのである、心細くも余は空知太《そらちぶと》を指して汽車に搭《とう》じた。

石狩《いしかり》の野《の》は雲低く迷いて車窓より眺《なが》むれば野にも山にも恐ろしき自然の力あふれ、此処《ここ》に愛なく情なく、見るとして荒涼《こうりょう》、寂寞《せきばく》、冷厳にして且《か》つ壮大なる光景は恰《あだか》も人間の無力と儚《はかな》さとを冷笑《あざわら》うが如《ごと》くに見えた。

蒼白《そうはく》なる顔を外套《がいとう》の襟《えり》に埋《う》めて車窓の一隅に黙然と坐《ざ》して居る一青年を同室の人々は何《なん》と見たろう。人々の話柄《はなしがら》は作物《さくぶつ》である、山林である、土地である、此《この》無限の富源より如何《いか》にして黄金を握《つか》み出すべきかである、彼等《かれら》の或者《あるもの》は罎詰《びんづめ》の酒を傾けて高論し、或者《あるもの》は煙草《たばこ》をくゆらして談笑して居る。そして彼等多くは車中で初めて遇《あ》ったのである。そして一青年は彼等の仲間に加わらずたゞ一人《ひとり》其《その》孤独を守って、独《ひと》り其空想に沈んで居るのである。彼は如何にして社会に住むべきかということは全然其思考の問題としたことがない、彼はたゞ何時《いつ》も何時《いつ》も如何にして此天地間に此生を托《たく》すべきかということをのみ思い悩んで居た。であるから彼には同車の人々を見ること殆《ほとん》ど他界の者を見るが如《ごと》く、彼と人々との間には越ゆ可《べ》からざる深谷《しんこく》の横《よこた》わることを感ぜざるを得なかったので、今しも汽車が同じ列車に人々及び彼を乗せて石狩の野《や》を突過《つきすご》してゆくことは、恰度《ちょうど》彼の一生のそれと同じように思われたのである。あゝ孤独よ！彼は自《みずか》ら求めて社会の外を歩みながらも、中心実に孤独の感に堪《た》えなかった。若《も》し夫《そ》れ天高く澄みて秋晴拭《ぬぐ》うが如き日であったならば余が鬱屈《うつくつ》も大《おおい》にくつろぎを得たろうけれど、雲は益々《ますます》低く垂《た》れ林は霧に包まれ何処《どこ》を見ても、光一閃《いっせん》だもないので余は殆《ほとん》ど堪《た》ゆべからざる憂愁《ゆうしゅう》に沈んだのである。

汽車の歌志内《うたしない》の炭山に分るゝ某《なにがし》停車場に着くや、車中の大半は其処《そこ》で乗換えたので残るは余の外に二人《ふたり》あるのみ。原始時代そのまゝで幾千年人の足跡をとゞめざる大森林を穿《うが》って列車は一直線に走るのである。灰色の霧の一団又一団、忽《たちま》ち現われ忽ち消え、或《あるい》は命あるものの如く黙々として浮動して居《い》る。

「何処《どちら》までお出《い》でですか。」と突然一人《ひとり》の男が余に声をかけた。年輩四十幾干《いくつ》、骨格の逞《たく》ましい、頭髪の長生《のび》た、四角な顔、鋭い眼《め》、大なる鼻、一見一癖あるべき人物で、其《その》風俗は官吏に非《あら》ず職人にあらず、百姓にあらず、商人にあらず、実に北海道にして始めて見るべき種類の者らしい、則《すなわ》ち何《いず》れの未開地にも必ず先《ま》ず最も跋扈《ばっこ》する山師《やまし》らしい。

「空知太《そらちぶと》まで行く積りです。」

「道庁の御用で?」彼は余を北海道庁の小役人と見たのである。

「イヤ僕は土地を撰定《せんてい》に出掛けるのです。」

「ハハア。空知太は何処等《どこら》を御撰定か知らんが、最早目星《もうめぼしい》ところは無いようですよ。」

「如何《どう》でしょう空知太から空知川の沿岸に出られるでしょうか。」

「それは出られましょうとも、然《しか》し空知川の沿岸の何処等ですか其《それ》が判然しないと……」

「和歌山県の移民団体が居る処《ところ》で、道庁の官吏が二人出張して居る、其処《そこ》へ行くのですがね、兎《と》も角《かく》も空知太まで行って聞いて見る積りで居るのです。」

「そうですか、それでは空知太にお出《いで》になったら三浦屋という旅人宿《やどや》へ上《あが》って御覧なさい、其処の主人《あるじ》がそういうことに明《あかる》う御座《ござ》いますから聞《きい》て御覧なったら可《よ》うがす、どうも未《ま》だ道路が開けないので一寸《ちょっと》其処《そこ》までの処《ところ》でも大変大廻《おおまわ》りを為《し》なければならんようなことが有って慣れないものには困ることが多うがすテ。」

それより彼は開墾の困難なことや、土地に由《よ》って困難の非常に相違することや、交通不便の為《た》めに折角の収穫も容易に市場に持出すことが出来ぬことや、小作人を使う方法などに就《つ》いて色々と話し出した、其等《それら》の事は余も札幌の諸友から聞いては居《い》たが、彼の語るがまゝに受けて唯《た》だ其《そ》の好意を謝するのみであった。

間もなく汽車は蕭条《しょうじょう》たる一駅に着いて運転を止めたので余も下りると此《この》列車より出た客は総体で二十人位に過ぎざるを見た。汽車は此処《ここ》より引返《ひっかえ》すのである。

たゞ見る此一小駅は森林に囲まれて居る一の孤島である。停車場に附属する処《ところ》の二三の家屋の外《ほか》人間に縁ある者は何も無い。長く響いた汽笛が森林に反響して脈々として遠く消え去《う》せた時、寂然《じゃくぜん》として言う可《べ》からざる静さに此《この》孤島は還《かえ》った。

三輛《りょう》の乗合馬車が待って居る。人々は黙々としてこれに乗り移った。余も先の同車の男と共に其一《そのひとつ》に乗った。

北海道馬《ほっかいどうば》の驢馬《ろば》に等《ひと》しきが二頭、逞《たく》ましき若者が一人《ひとり》、六人の客を乗せて何処《いずく》へともなく走り初めた、余は「何処へともなく」というの心持《こころもち》が為《し》たのである。実に我が行先《ゆくさき》は何処で、自《みず》から問うて自から答えることが出来なかったのである。

三輛の馬車は相隔つる一町ばかり、余の馬車は殿《しんがり》に居たので前に進む馬車の一高一低、凸凹《でこぼこ》多き道を走って行く様《さま》が能《よ》く見える。霧は林を掠《かす》めて飛び、道を横《よこぎ》って又《ま》た林に入り、真紅《しんく》に染った木《こ》の葉《は》は枝を離れて二片三片馬車を追うて舞う。御者は一《いち》

鞭《べん》強く加えて

「最早《もう》降《おり》るぞ！」と叫《さ》けんだ。

「三浦屋の前で止めてお呉《く》れ！」と先の男は叫《さ》けんで余を顧みた。余は目礼して其《その》好意を謝した。車中何人《なんびと》も一語も発しないで、皆《み》な屈托《くったく》な顔をして物思《ものおもい》に沈んで居《い》る。御者は今一度強く鞭《むち》を加えて喇叭《らっぱ》を吹き立《たて》たので軀《からだ》は小なれども強力《ごうりょく》なる北海の健児は大駈《おおかけ》に駈《か》けだした。

林がやゝ開けて殖民の小屋が一軒二軒と現れて来たかと思うと、突然平野に出た。幅広き道路の両側に商家らしきが飛び〳〵に並んで居る様は新開地の市街たるを欺《あざむ》かない。馬車は喇叭《らっぱ》の音《ね》勇ましく此間《このあいだ》を駈けた。

二

三浦屋に着くや早速《さっそく》主人を呼んで、空知川《そらちがわ》の沿岸にゆくべき方法を問い、詳しく目的を話して見た。処《ところ》が主人は寧《むし》ろ引返えして歌志内《うたしない》に廻《ま》わり、歌志内より山越えした方が便利だろうという。

「次の汽車なら日の暮までには歌志内に着きますから今夜は歌志内で一泊なされて、明日能《よ》くお聞合せになって其上《そのうえ》でお出かけになったが可《よ》うがす。歌志内なら此処《ここ》とは違って道庁の方《かた》も居ますから、其井田《いだ》さんとかいう方の今居る処《ところ》も多分解《わか》るでしょう。」

斯《こ》ういわれて見ると成程《なるほど》そうである。されども余《よ》は空知川の岸に沿うて進まば、余が会わんとする道庁の官吏井田某《ぼう》の居所を知るに最も便ならんと信じて、空知太《そらちぶと》まで来たのである。然《しか》るに空知太より空知川の岸をつたうことは案内者なくては出来ぬとのこと、而《しか》も其道らしき道の開け居るには在らずとの事を、三浦屋の主人より初《はじ》めて聞いたのである。其処《そこ》で余は主人の注意に従い、歌志内に廻《ま》わることに定《き》めて、次の汽車まで二時以上を、三浦屋の二階で独りポツ然《ねん》と待つこととなった。

見渡せば前は平野《ひらの》である。伐《き》り残された大木が彼処此処《かしこここ》に衝立《つった》って居《い》る。風当りの強きゆえか、何《いず》れも丸裸体《まるはだか》になって、黄色に染った葉の僅少《わずか》ばかりが枝にしがみ着いて居るばかり、それすら見て居る内にバラ〳〵と散って居る。風の加わると共に雨が降って来た。遠方《おちかた》は雨雲に閉されて能《よ》くも見え分かず、最近《まぢか》に立って居る柏《かしわ》の高さ三丈ばかりなるが、其《その》太い葉を雨に打たれ風に揺られて、けうとき音を立てて居る。道を通る者は一人《ひとり》もない。

かゝる時、かゝる場所に、一人の知人なく、一人の話相手なく、旅人屋《はたごや》の窓に倚《よ》って降りしきる秋の雨を眺《なが》めることは決して楽しいものでない。余は端《はし》なく東京の父母や弟や親しき友を想《おも》い起して、今更の如《ごと》く、今日まで我を囲みし人情の如何に温《あたた》かであったかを感じたのである。

男子、志を立て理想を追うて、今や森林の中に自由の天地を求めんと願う時、決して女々《めめ》しくてはならぬと我とわが心を引立るようにしたが、要するに理想は冷やかにして人情は温《あたた》かく、自然は冷厳にして親しみ難く人寰《じんかん》は懐かしくして巣を作るに適して居る。

余は悶々《もんもん》として二時間を過した。其中《そのうち》には雨は小止《こやみ》になったと思うと、喇叭《らっぱ》の音《ね》が遠くに響く。首を出して見ると斜に糸の如《ごと》く降る雨を突いて一輛《りょう》の馬車が馳《は》せて来る。余は此《この》馬車に乗込んで再び先の停車場へと、三浦屋を立った。

汽車の乗客は数うるばかり。余の入った室は余一人であった。人独《ひと》り居るは好《この》ましきことに非《あら》ず、余は他の室に乗換えんかとも思ったが、思い止まって雨と霧との為《た》めに薄暗くなって居る室の片隅《かたすみ》に身を寄せて、暮近くなった空の雲の去来《ゆきき》や輪をなして回転し去る林の立木を茫然《ぼうぜん》と眺《なが》めて居た。斯《かか》る時、人は往々無念無想の裡《うち》に入るものである。利害の念もなければ越方行末《こしかたゆくすえ》の想《おもい》もなく、恩愛の情もなく憎悪《ぞうお》の悩《なやみ》もなく、失望もなく希望もなく、たゞ空然として眼《め》を開き耳を開いて居《い》る。旅をして身心共に疲れ果てて猶《な》お其身《そのみ》は車上に揺られ、縁もゆかりもない地方を行く時は往々にして此《かく》の如《ごと》き心境に陥るものである。かかる時、はからず目に入った光景は深く脳底に彫《え》り込まれて多年これを忘れないものである。余が今しも車窓より眺《なが》むる処《ところ》の雲の去来《ゆきき》や、樺《かば》の林や恰度《ちょうど》それであった。

　汽車の歌志内の渓谷《けいこく》に着いた時は、雨全く止《や》みて日は将《まさ》に暮れんとする時で、余は宿るべき家《や》のあてもなく停車場を出ると、流石《さすが》に幾千の鉱夫《こうふ》を養い、幾百の人家の狭き渓《たに》に簇集《ぞくしゅう》して居る場所だけありて、宿引なるものが二三人待ち受けて居た。其一人《ひとり》に導かれ礫《いし》多く燈《ともしび》暗き町を歩みて二階建の旅人宿《はたごや》に入り、妻女の田舎《いなか》なまりを其儘《そのまま》、愛嬌《あいきょう》も心かららしく迎えられた時は、余も思わず微笑したのである。

　夜食を済すと、呼ばずして主人は余の室《へや》に来てくれたので、直《ただち》に目的を語り彼より出来るだけの方便《ほうべん》を求めた。主人は余の語る処をにこついて聞いて居たが「一寸《ちょっと》お待ち下さい、少し心当りがありますから。」と言い捨てて室《へや》を去った。暫時《しばら》

くして立還《たちかえ》り

「だから縁というは奇態《きたい》なものです。貴所《あなた》最早《もう》御安心なさい、すっかり分明《わかり》ました。」と我身《わが》のことの如《ごと》く喜んで座に着いた。

「わかりましたか。」

「わかりましたとも、大わかり。四日前から私の家にお泊りのお客様があります。この方は御料地の係の方で先達《せんだつて》から山林を見分してお廻《ま》わりになったのですが、ソラ野宿の方が多がしょう、だから到当身体《とうとうからだ》を傷《こわ》して今手前共で保養して居らっしゃるのです。篠原《しのはら》さんという方ですがね。何《なん》でも宅へ見える前の日は空知川の方に居らっしゃったということを聞きましたから、若《も》しやと思って唯今伺《ただいまうかが》って見ました処《ところ》が、解《わか》りました。ウン道庁の出張員なら山を越すと直《す》ぐ下の小屋に居《い》たと仰《おつ》しゃるのです。御安心なさい此処《ここ》から一里位なもので訳は有りません、朝行けばお昼前には帰って来られますサ。」

「どうも色々難有《ありがと》う、それで安心しました。然《しか》し今も其《その》小屋に居て呉《く》れゝば可《よ》いが始終居所が変るので其《そ》れで道庁でも知れなかったのだから。」

「大丈夫居ますよ、若《も》し変って居たら先《せん》に居た小屋の者に聞けば可《よ》うがす、遠くに移るわけは有りません。」

「兎《と》も角《かく》も明日朝早く出掛けますから案内を一人《ひとり》頼んで呉《く》れませんか。」

「そうですな、山道で岐路《えだ》が多いから矢張《やは》り案内が入るでしょう、宅の倅《せがれ》を連れて行《いら》っしゃい。十四の小僧ですが、空知太《そらちぶと》までなら存じて居ます。案内位出来ましょうよ。」と飽《あ》くまで親切に言って呉れるので、余は実に謝する処を知らなかった。成程縁は奇態なものである、余にして若し他の宿屋に泊ったなら決してこれ程の便宜と親切とは得ることが出来なかったろう。

主人は何処《どこ》までも快活な男で、放胆《ほうたん》で、而《しか》も眼中人なきの様子がある。彼の親切、見ず知らずの余にまで惜気《おしげ》もなく投げ出す親切は、彼の人物の自然であるらしい。世界を家《うち》となし到《いた》る処《ところ》に其《その》故郷を見出《みいだ》す程の人は、到る処の山川、接する処の人が則《すなわ》ち朋友《ほうゆう》である。であるから人の困厄《こんやく》を見れば、其人が何人《なにびと》であろうと、憎悪《にくあし》するの因縁《いわれ》さえ無くば、則《すなわ》ち同情を表する十年の交友と一般なのである。余は主人の口より其略伝を聞くに及んで彼《か》の人物の余の推測に近きを知った。

彼は其生れ故郷に於《おい》て相当の財産を持って居た処が、彼の弟二人《ふたり》は彼の相続したる財産を羨《うらや》むこと甚《はなは》だしく、遂《つい》には骨肉の争《あらそい》まで起る程に及んだ。然《しか》るに彼の父なる七十の老翁《ろうおう》も亦《ま》た少弟《しょうてい》二人を愛して、やゝもすれば兄に迫って其財産を分配せしめようとする。若《も》しこれ三等分すれば、三人とも一家を立つることが出来ないのである。

「だから私は考えたのです、これっぱかしの物を兄弟して争うなんて余り量見が小さい。宜《よろ》しいお前達に与《や》って了《しま》う。たゞ五分の一だけ呉《く》れろ、乃公《わし》は其《それ》を以《もっ》て北海道に飛ぶからって。其処《そこ》で小僧が九の時でした、親子三人でポイと此方《こっち》へやって来たのです。イヤ人間というものは何処《どこ》にでも住まば住まれるものですよハッハッハッ」と笑って「処《ところ》が妙でしょう、弟の奴等《やつら》、今では私が分配《わけ》てやった物を大概無くしてしまって、それで居《い》て矢張《やは》り小《ちっ》ぽけな村を此上《このうえ》もない土地のように思って私が何度も北海道へ来て見ろと手紙ですゝめても出て来得《きえ》ないんでサ。」

余は此男の為《な》す処《ところ》を見、其《その》語る処を聞いて、大《おおい》に得る処があったのである。よしや此一小旅店の主人は、余が思う所の人物と同一でないにせよ、よしや余が思う所の人物は、此主人より推《お》して更《さ》らに余自身の空想を加えて以《もっ》て化成したる者にせよ、彼はよく自由によく独立に、社会に住んで社会に圧せられず、無窮の天地に介立して安《やす》んずる処《ところ》あり、海をも山をも原野をも将《は》た市街をも、我物《わがもの》顔に横行闊歩《かっぽ》して少しも屈托《くったく》せず、天涯地角《てんがいちかく》到《いた》る処に花の香《かんば》しきを嗅《か》ぎ人情の温《あたた》かきに住む、げに男はすべからく此《こ》の如《ごと》くして男というべきではあるまいか。

斯《か》く感ずると共に余の胸は大《おおい》に開けて、札幌を出でてより歌志内《うたしない》に着くまで、雲と共に結ぼれ、雨と共にしおれて居た心は端《はし》なくも天の一方深碧《しんぺき》にして窮《きわま》りなきを望んだような気がして来た。

夜の十時頃《ごろ》散歩に出て見ると、雲の流《ながれ》急にして絶間《たえま》々々には星が見える。暗い町を辿《たど》って人家を離れると、渓《たに》を隔てて屛風《びょうぶ》の如く黒く前面に横《よこた》わる杣山《そまやま》の上に月現われ、山を掠《かす》めて飛ぶ浮雲《ふうん》は折り折り其《その》前面を拭《ぬぐ》うて居る。空気は重く湿《し》めり、空には風あれども地は粛然《しゅくぜん》として声なく、たゞ渓流《けいりゅう》の音のかすかに聞ゆるばかり。余は一方は山、一方は涯《がけ》の爪先上《つまさきあが》りの道を進みて小高き広場に出たかと思うと、突然耳に入ったものは絃歌《げんか》の騒《さわぎ》である。

見れば山に沿うて長屋建《ながやだち》の一棟《ひとむね》あり、これに対して又一棟あり。絃歌は此《この》長屋より起るのであった。一棟は幾戸かに分れ、戸々《ここ》皆障子《しょうじ》をとざし、其《その》障子には火影《ほかげ》花《はな》やかに映《うつ》り、三絃《さんげん》の乱れて狂う調子放歌の激して叫ぶ声、笑う声は雑然として起《お》って居るのである、牛部屋《ぎゅうべや》に等《ひと》しき此長屋は何《なん》ぞ知らん鉱夫どもが深山幽谷《しんざんゆうこく》の一隅に求め得し歓楽境ならんとは。

流れて遊女となり、流れて鉱夫となり、買うものも売るものも、我世夢ぞと狂歌乱舞するのである。余は進んで此長屋小路《こうじ》に入った。

雨上の路《みち》はぬかるみ、水溜《みずたまり》には火影《ほかげ》うつる。家は離れて見しよりも更に哀れな建てざまにて、新開地だけにたゞ軒先障子などの白木の夜目にも生々しく見ゆるばかり、床低く屋根低く、立てし障子は地より直《ただち》に軒《のき》に至るかと思われ、既に歪《ゆが》みて隙間《すきま》よりは釣ランプの笠《かさ》など見ゆ。肌脱《はだぬぎ》の荒くれ男の影鬼の如《ごと》く映《うつ》れるあり、乱髪の酌婦《しゃくふ》の頭の夜叉《やしゃ》の如く映るかと思えば、床も落つると思わるる音《ね》が為《し》て、ドッとばかり笑声の起る家もあり。「飲めよ」、「歌えよ」、「殺すぞ」、「撲《なぐ》るぞ」、洪笑《こうしょう》、激語、悪罵《あくば》、歓呼、叱咤《しった》、艶《つや》ある小節《こぶし》の歌の文句の腸《ちょう》を断つばかりなる、三絃《さんげん》の調子の嗚咽《むせぶ》が如き忽《たちま》ちにして暴風、忽ちにして春雨、見来れば、歓楽の中《うち》に殺気をこめ、殺気の中に血涙をふくむ、泣くは笑うのか、笑うのは泣くのか、怒は歌か、歌は怒か、嗚呼《ああ》儚《はかな》き人生の流よ！　数年前までは熊《くま》眠《ねむ》り狼《おおかみ》住《す》みし此渓間《このたにま》に流れ落ちて、こゝに澱《よど》み、こゝに激し、こゝに沈み、月影冷やかにこれを照して居《い》る。

余は通り過ぎて振り顧り、暫《しば》し佇立《たたず》んで居ると、突然間近なる一軒の障子が開《あ》いて一人の男がつと現われた。

「や、月が出た！」と振上げた顔を見れば年頃《としごろ》二十六七、背高く肩広く屈強の若者である。きょろ〳〵四辺《あたり》を見廻《みまわ》して居《い》たが吻《ほっ》と酒気を吐き、舌打して再び内によろめき込んだ。

三

宿の子のまめ〳〵しきが先に立ちて、明くれば九月二十六日朝の九時、愈々《いよいよ》空知川《そらちがわ》の岸へと出発した。

陰晴定《いんせいさだ》めなき天気、薄き日影洩《も》るゝかと思えば忽《たちま》ち峰より林より霧起りて峰をも林をも路《みち》をも包んでしまう。山路は思いしより楽にて、余《よ》は宿の子と様々の物語しつゝ身も心も軽く歩《あ》ゆんだ。

林は全く黄葉《きば》み、蔦紅葉《つたもみじ》は、真紅に染り、霧起る時は霞《かすみ》を隔て花を見るが如《ごと》く、日光直射する時は露を帯びたる葉毎《ごと》に幾千万の真珠碧玉《へきぎよく》を連らねて全山燃《もゆ》るかと思われた。宿の子は空知川沿岸に於《お》ける熊《くま》の話を為し、続いて彼が子供心に聞き集めたる熊物語の幾種かを熱心に語った。坂を下りて熊笹《くまざさ》の繁《しげれ》る所に来ると彼は一寸立《ちょっとたち》どまり

「聞えるだろう、川の音が」と耳を傾けた、「ソラ……聞えるだろう、あれが空知川、もう直《す》ぐ其処《そこ》だ。」

「見えそうなものだな。」

「如何《どう》して見えるものか、森の中に流れて居るのだ。」

二人《ふたり》は、頭を没する熊笹の間を僅《わずか》に通う帯ほどの径《みち》を暫《しばら》く行《ゆく》と、一人《ひとり》の老人の百姓らしきに出遇《であ》ったので、余は道庁の出張員が居る小屋を訊《たず》ねた。

「此径《このみち》を三丁ばかり行くと幅の広い新開の道路に出る、其《その》右側の最初の小屋に居なさるだ。」と言い捨てて老人は去《い》って了《しま》った。

歌志内《うたしない》を出発《たっ》てから此処《ここ》までの間に人に出遇ったのは此《この》老人ばかりで、途中又小屋らしき物を見なかったのである、余は此老人を見て空知川の沿岸の既に多少《いくら》かの開墾者の入込《いりこ》んで居《い》ることを事実の上に知った。

熊笹《くまざさ》の径《こみち》を通りぬけると果して、思いがけない大道が深林を穿《うが》って一直線に作られてある。其《その》幅は五間以上もあろうか。然《しか》も両側に密茂して居る林は、二丈を越え三丈に達する大木が多いのだ、此《この》幅広き大道も、堀割を通ずる鉄道線路のようであった。然《しか》し余は此道路を見て拓殖に熱心なる道庁の計営の、如何に困難多きかを知ったのである。

見れば此道路の最初の右側に、内地では見ることの出来ない異様なる堀立小屋がある。小屋の左右及び後背《うしろ》は林を倒して、二三段歩《だんぶ》の平地《ひらち》が開かれて居る。余は首尾よく此小屋で道庁の属官、井田某《ぼう》及び他の一人に会うことが出来た。

殖民課長の丁寧なる紹介は、彼等《かれら》をして十分に親切に余が相談相手とならしめたのである。更に驚くべきは、彼等が余の名を聞いて、早く既に余を知って居たことで、余の蕪雑《ぶざつ》なる文章も、何時《いつ》しか北海道の思いもかけぬ地に某読者を得て居たことであった。

二人は余の目的を聞き終りて後、空知川沿岸の地図を披《ひら》き其《その》経験多き鑑識を以《もっ》て、彼処此処《かしこここ》と、移民者の為《た》めに区劃《くかく》せる一区一万五千坪の地の中《うち》から六ヶ所ほど撰定《せんてい》して呉《く》れた。

事務は終り雑談に移った。

小屋は三間《げん》に四間《けん》を出でず、屋根も周囲《まわり》の壁も大木の皮を幅広く剝《は》ぎて組合したものので、板を用いしは床のみ、床には筵《むしろ》を敷き、出入の口はこれ又樹皮を組みて戸となしたるが一枚被《おお》われてあるばかりこれ開墾者の巣なり家なり、いな城廓《じょうかく》なり。一隅に長方形の大きな炉が切って、これを火鉢《ひばち》に竈《かまど》に、煙草盆《たばこぼん》に、冬ならば暖炉《だんろ》に使用するのである。

「冬になったら堪《たま》らんでしょうねこんな小屋に居ては。」

「だって開墾者は皆《みん》なこんな小屋に住《すん》で居るのですよ。どうです辛棒《しんぼう》が出来ますか。」

と井田は笑いながら言った。

「覚悟は為《し》て居《い》ますが、イザとなったら随分困るでしょう。」

「然《しか》し思った程でもないものです。若《も》し冬になって如何《どう》しても辛棒《しんぼう》が出来そうもなかったら、貴所方《あなたがた》のことだから札幌へ逃げて来れば可《い》いですよ。どうせ冬籠《ふゆごもり》は何処《どこ》でしても同じことだから。」

「ハッハッハッ、、、其《それ》なら初めから小作人任《まかせ》にして御自分は札幌に居る方が可《よ》かろう。」と他の属官が言った。

「そうですとも、そうですとも冬になって札幌に逃げて行くほどなら寧《いっ》そ初めから東京に居て開墾した方が可いんです。何《な》に僕は辛棒しますよ。」と余は覚悟を見せた。

井田は
「そうですな、先《ま》ず雪でも降って来たら、此炉《このろ》にドン〳〵焼火《たきび》をするんですな、薪木《たきぎ》ならお手のものだから。それで貴所方《あなたがた》だからウンと書籍《しょもつ》を仕込《しこ》んで置いて勉強なさるんですな。」

「雪が解ける時分には大学者になって現われるという趣向ですか。」と余は思わず笑った。

談《はな》して居ると、突然パラ〳〵と音がして来たので余は外に出て見ると、日は薄く光り、雲は静《しずか》に流れ、寂《せき》たる深林を越えて時雨《しぐれ》が過ぎゆくのであった。

余は宿の子を残して、一人此辺《ひとりこのあたり》を散歩すべく小屋を出た。

げに怪しき道路よ。これ千年の深林を滅し、人力を以《もっ》て自然に打克《うちかた》んが為《た》めに、殊《こと》更《さら》に無人《ぶじん》の境を撰《えら》んで作られたのである。見渡すかぎり、両側の森林これを覆《おお》うのみにて、一個の人影すらなく、一縷《いちる》の軽煙《けいえん》すら起らず、一の人語すら聞えず、寂々《せきせき》寥々《りょうりょう》として横わって居る。

余は時雨《しぐれ》の音の淋《さび》しさを知って居る、然《しか》し未《いま》だ曾《かつ》て、原始の大深林を忍びやかに過ぎゆく時雨ほど淋《さ》びしさを感じたことはない。これ実に自然の幽寂《ゆうじゃく》なる私語《ささやき》である。深林の底に居《い》て、此音《このね》を聞く者、何人《なんぴと》か生物を冷笑する自然の無限の威力を感ぜざらん。怒濤《どとう》、暴風、疾雷《しつらい》、閃雷《せんらい》は自然の虚喝《きょかつ》である。彼《か》の威力の最も人に迫るのは、彼《か》の最も静かなる時である。高遠なる蒼天《そうてん》の、何《なん》の声もなく唯《た》だ黙して下界を視下《みおろ》す時、曾《かつ》て人跡を許さゞりし深林の奥深き処《ところ》、一片の木《こ》の葉《は》の朽ちて風なきに落つる時、自然は欠伸《あくび》して曰《いわ》く「あゝ我一日も暮れんとす」と、而《しか》して人間の一千年は此刹那《せつな》に飛びゆくのである。

余は両側の林を覗《のぞ》きつゝ行くと、左側で林のやゝ薄くなって居る処を見出した。下草を分けて進み、ふと顧みると、此身は何時《いつ》しか深林の底に居たのである。とある大木の朽ちて倒れたるに腰をかけた。

林が暗くなったかと思うと、高い枝の上を時雨《しぐれ》がサラ〳〵と降って来た。来たかと思うと間もなく止んで森《しん》として林は静まりかえった。

余は暫《しばら》くジッとして林の奥の暗くなって居る処を見て居た。

社会が何処《どこ》にある、人間の誇り顔に伝唱する「歴史」が何処《どこ》にある。此《この》場所に於《おい》て、此時に於て、人はたゞ「生存」其者《そのもの》の、自然の一呼吸の中に托《たく》されておることを感ずるばかりである。露国《ろこく》の詩人は曾《かつ》て深林の中に坐《ざ》して、死の影の我に迫《せ》まるを覚えたと言ったが、実にそうである。又た曰《いわ》く「人類の最後の一人が此地球上より消滅する時、木《こ》の葉《は》の一片も其為《ため》にそよがざるなり」と。

死の如《ごと》く静なる、冷やかなる、暗き、深き森林の中に坐《ざ》して、此《こ》の如きの威迫を受けないものは誰《たれ》も無かろう。余我を忘れて恐ろしき空想に沈んで居ると、「旦那《だんな》！旦那！」と呼ぶ声が森の外でした。急いで出て見ると宿の子が立って居る。

「最早《もう》御用が済んで帰りましょう」

其処《そこ》で二人《ふたり》は一先《ひとま》ず小屋に帰ると、井田は、

「どうです今夜は試験のために一晩此処《ここ》に泊って御覧になっては。」

余は遂《つい》に再び北海道の地を踏まないで今日《きょう》に到《いた》った。たとい一家の事情は余の開墾の目的を中止せしめたにせよ、余は今も尚《な》お空知川の沿岸を思うと、あの冷厳なる自然が、余を引つけるように感ずるのである。

何故《なぜ》だろう。

少女病

田山花袋

一

山手線《やまのてせん》の朝の七時二十分の上《のぼ》り汽車《きしや》が、代々木《よよぎ》の電車停留場《でんしやていりゆうじよう》の崖下《がけした》を地響《じひびき》させて通る頃《ころ》、千駄谷《せんだがや》の田畝《たんぼ》をてくてくと歩いて行《ゆ》く男がある。此男《このおとこ》の通らぬことはいかな日にも無いので、雨の日には泥濘《でいねい》の深い田畝道《たんぼみち》に古い長靴《ながぐつ》を引《ひき》ずって行《ゆ》くし、風の吹く朝《あさ》には帽子《ぼうし》を阿弥陀《あみだ》に被《かぶ》って塵埃《ほこり》を避けるようにして通るし、沿道《えんどう》の家々《いえいえ》の人は、遠くから其姿《そのすがた》を見知《みし》って、もうあの人が通ったから、貴郎御役所《あなたおやくしよ》が遅《おそ》くなりますなど春眠《しゆんみん》いぎたなき主人《しゆじん》を揺《ゆす》り起《おこ》す軍人《ぐんじん》の妻君《さいくん》もある位《くらい》。

此男《このおとこ》の姿の此田畝道《このたんぼみち》に顕《あらわ》れ出《だ》したのは、今から二月《ふたつき》ほど前、近郊《きんこう》の地《ち》が開《ひら》けて、新しい家作《かさく》が彼方《あっち》の森の角《かど》、此方《こっち》の丘《おか》の上に出来上《できあが》って、某少将《なにがししようしよう》の邸宅《ていたく》、某会社《なにがしかいしや》重役《じゆうやく》の邸宅などの大きな構《かまえ》が、武蔵野《むさしの》の名残《なごり》の櫟《くぬぎ》の大並木《おおなみき》の間《あいだ》からちらちらと画《え》のように見える頃《ころ》であったが、其櫟《そのくぬぎ》の並木の彼方《かなた》に、貸家建《かしやだて》の家屋《かおく》が五六軒並《なら》んであるというから、何《なん》でも其処等《そこら》に移転して来た人だろうとの専《もっぱ》らの評判《ひょうばん》。

何《なに》も人間《にんげん》が通るのに、評判に立《た》てる程《ほど》のものは無いのだが、淋《さび》しい田舎《いなか》で人珍《ひとめず》らしいのと、それに此男《このおとこ》の姿がいかにも特色があって、そして鶩《あひる》の歩くような変《へん》てこな形《かたち》をするので、何《なに》とも謂《い》えぬ不調和――その不調和が路傍《ろぼう》の人々の閑《ひま》な眼《め》を惹《ひ》く基《もとい》となった。

年《とし》の頃《ころ》三十七八、猫背《ねこぜ》で、獅子鼻《ししばな》で、反歯《そっぱ》で、色が浅黒くッて、頬髯《ほほひげ》が煩《うる》さそうに顔の半面《はんめん》を覆《おお》って、鳥渡見《ちょっとみ》ると恐《おそ》ろしい容貌《ようぼう》、若い女などは昼間出逢《ひるまであ》っても気味悪《きみわる》く思う程だが、それにも似合《にあ》わず、眼《め》には柔和《にゅうわ》なやさしいところがあって、絶えず何物《なにもの》をか見て憧《あこが》れて居《い》るかのよう。足のコンパスは思切《おもいき》って広く、トットと小きざみに歩くその早さ！　演習《えんしゅう》に朝出《あさで》る兵隊《へいたい》さんもこれにはいつも三舎《しゃ》を避ける。

大抵洋服《たいていようふく》で、それもスコッチの毛の摩《す》れてなくなった鳶色《とびいろ》の古背広《ふるせびろ》、上《うえ》にあおったインバネスも羊羹色《ようかんいろ》に黄《きば》んで、右の手には狗《いぬ》の頭《あたま》のすぐ取れる安《やす》ステッキをつき、柄《がら》にない海老茶色《えびちゃいろ》の風呂敷包《ふろしきづつみ》をかかえながら、左の手はポッケットに入《い》れて居《お》る。

四ツ目垣《めがき》の外《そと》を通懸《とおりかか》ると、

『今お出懸《でか》けだ！』

と、田舎《いなか》の角《かど》の植木屋《うえきや》の神《かみ》さんが口の中《うち》で独語《ひとりご》ちた。

其《その》植木屋も新建《しんだて》の一軒屋《けんや》、売物《うりもの》のひょろ松《まつ》やら樫《かし》やら黄楊《つげ》やら八ッ手《やつで》やらが其周囲《そのまわり》にだらしなく植付《うえつけ》られてあるが、其向《そのむこ》うには千駄谷《せんだがや》の街道《かいどう》を有《ゆう》せる新開《しんかい》の屋敷町《やしきまち》が参《しん》差《し》として連《つらな》って、二階の硝子窓《がらすまど》には朝日の光が閃々《きらきら》と輝《かがや》き渡《わた》る。左は角筈《つのはず》の工場《こうじょう》の幾棟《いくむね》、細い烟筒《えんとつ》からはもう労働に取懸《とりかか》った朝の烟《けむり》がくろく低く靡《なび》いて居《い》る。晴れた空には林を越《こ》して電信柱《でんしんばしら》が頭だけ見える。

男はてくてくと歩いて行く。

田畝《たんぼ》を越《こ》すと、二間幅《けんはば》の石ころ道、柴垣《しばがき》、樫垣《かしがき》、要垣《かなめがき》、其絶間々々《そのたえまたえま》に硝子障子《がらすしょうじ》、冠木門《かぶきもん》、瓦斯燈《がすとう》と順序よく並んで居《い》て、庭の松樹《まつ》に霜《しも》よけの縄《なわ》のまだ取られずに附《つ》いて居《い》るのも見える。一二町《ちょう》行《ゆ》くと、千駄ヶ谷《せんだがや》の通《とおり》で、毎朝《まいにち》、演習《えんしゅう》の兵隊が駆足《かけあし》で通《とお》って行《ゆ》くのに邂逅《かいこう》する。西洋人《せいようじん》の住める大きな洋館、新築の医者の構《かま》えの大きい門《もん》、駄菓子《だがし》を売《う》る古い茅葺《かやぶき》の家《いえ》、此処《ここ》まで来ると、もう代々木《よよぎ》の停留場《ていりゅうじょう》の高い線路が見えて、新宿《しんじゅく》あたりで、ポーと電笛《でんてき》の鳴る音でも耳に入《はい》ると、男は其《そ》の大きい体《からだ》を先へのめらせて、見得《みえ》も何《なに》も構《かま》わずに、一散《さん》に走《はし》るのが例《れい》だ。

今日《きょう》も其処《そこ》に来《き》て耳を欹《そばだ》てたが、電車の来たような気勢《けはい》もないので、同じ歩調《ほちょう》ですたすたと歩いて行《い》ったが、高い線路に突当《つきあた》って曲《まが》る角《かど》で、ふと栗梅《くりうめ》の縮緬《ちりめん》の羽織《はおり》をぞろりと着た恰好《かっこう》の好《よ》い庇髪《ひさしがみ》の女の後姿《うしろすがた》を見た。鶯色《うぐいすいろ》のリボン、繻珍《しゅちん》の鼻緒《はなお》、おろし立ての白足袋《しろたび》、それを見ると、もう其胸《そのむね》は何《なん》となく時めいて、其癖《そのくせ》何《ど》う彼《こ》うのと言うのでもないが、唯嬉《ただうれ》しく、そわそわして、其先《そのさき》へ追越《おいこ》すのが何《なん》だか惜《お》しいような気がする様子《ようす》。男は此女《このおんな》を既《すで》に見知《みし》って居《お》るので、少《すく》くとも五六度《たび》は其女《そのおんな》と同じ電車に乗ったことがある。いや、それどころか、冬の寒い夕暮《ゆうぐれ》、わざわざ廻《まわ》り路《みち》をして其女《そのおんな》の家《いえ》を突留《つきと》めたことがある。千駄《せんだ》ヶ谷《や》の田畝《たんぼ》の西の隅《すみ》で、樫《かし》の木《き》で取囲《とりかこ》んだ奥《おく》の大きな家《いえ》、其《そ》の総領娘《そうりょうむすめ》であることをよく知って居《い》る。眉《まゆ》の美しい、色の白い、頬《ほほ》の豊《ゆた》かな、笑《わら》う時言うに言われぬ表情《ひょうじょう》を其眉《そのまゆ》と眼《め》との間《あいだ》にあらわす娘だ。

『もう何《ど》うしても二十二三、学校《がっこう》に通《かよ》って居《い》るのではなし……それは毎朝逢《まいあさあ》わぬのでも解《わか》るが、それにしても何処《どこ》に行《ゆ》くのだろう』と思ったが、其思《そうおも》ったのが既に愉快《ゆかい》なので、眼《め》の前《まえ》にちらつく美しい衣服《きもの》の色彩《しきさい》が言《い》い知《し》らず胸《むね》をそそる。

『もう嫁《よめ》に行《ゆ》くんだろう?』と続いて思ったが、今度《こんど》はそれが何《なん》だか侘《わび》しいような惜《お》しいような気がして、『己《おれ》も今少《いますこ》し若ければ……』と二の矢《や》を継《つ》いだが、『何《なん》だ馬《ば》鹿々《かばか》々しい、己《おれ》は幾歳《いくつ》だ、女房《にょうぼう》もあれば子供もある』と思返《おもいかえ》した。思返したが、何《なん》となく悲しい、何となくなつかしい、何となく嬉《うれ》しい。

代々木の停留場《ていりゆうじよう》に上《のぼ》る階段《かいだん》の処《ところ》で、それでも追越《おいこ》して、衣《きぬ》ずれの音《おと》、白粉《おしろい》の香《かおり》に胸を躍《おど》らしたが、今回《こんど》は振返《ふりかえ》りもせず、大足《おおあし》に、しかも駈《か》けるようにして、階段《かいだん》を上《のぼ》った。

停留場の駅長《えきちよう》が赤《あか》い回数切符《かいすうきつぷ》を切《き》って返《かえ》した。此《この》駅長も其他《そのた》の駅夫《えきふ》も皆《み》な此大男《このおおおとこ》に熟《じゆく》して居《い》る。性急《せつかち》で、慌《あわ》て者《もの》で、早口《はやくち》であるということをも知って居《い》る。板囲《いたがこ》いの待合所《まちあいじよ》に入《はい》ろうとして、男はまた其前《そのまえ》に兼《か》ねて見知越《みしりこし》の女学生の立って居《い》るのを眼敏《めさと》くも見た。

肉附《にくつ》きの好《い》い、頬《ほほ》の桃色《ももいろ》の、輪廓《りんかく》の丸い、それは可愛《かわい》い娘《こ》だ。派手《はで》な縞物《しまもの》に、海老《えび》茶《ちゃ》の袴《はかま》を穿《は》いて、右手《みぎのて》に女持《おんなもち》の細い蝙蝠傘《こうもりがさ》、左の手に、紫《むらさき》の風呂敷包《ふろしきづつみ》を抱《かか》えて居《い》るが、今日《きよう》はリボンがいつものと違って白いと男はすぐ思った。

此娘《このむすめ》は自分《じぶん》を忘れは為《す》まい、無論《むろん》知ってる! と続いて思った。そして娘《むすめ》の方《かた》を見たが、娘《むすめ》は知らぬ顔《かお》をして、彼方《あつち》を向いて居《い》る。あの位《くらい》の中《うち》は恥《はずか》しいんだろう、と思うと堪《たま》らなく可愛《かわゆ》くなったらしい、見ぬような振《ふり》をして幾度《いくたび》となく見る、頻《しき》りに見る。――そしてまた眼《め》を外《そら》して、今度《こんど》は階段の処《ところ》で追越《おいこ》した女の後姿《うしろすがた》に見入《みい》った。

電車の来るのも知らぬという風《ふう》。

二

此娘《このむすめ》は自分《じぶん》を忘れは為《す》まいと此男《このおとこ》が思ったのは、理由《りゆう》のあることで、それには面《おも》白《しろ》い一小挿話《エピソード》があるのだ。此娘《このむすめ》とは何時《いつ》でも同時刻《どうじこく》に代々木《よよぎ》から電車に乗って、牛《うし》込《ごめ》まで行《ゆ》くので、以前《いぜん》からよく其姿《そのすがた》を見知《みし》って居《い》たが、それと謂《い》って敢《あえ》て口を聞《きい》たと謂《い》うのではない。唯相対《ただあいたい》して乗って居《い》る、よく肥《ふと》った娘《むすめ》だなアと思う。あの頬《ほほ》の肉《にく》の豊かなこと、乳《ちち》の大きなこともう立派《りっぱ》な娘《むすめ》だなどと続いて思う。それが度重《たびかさ》なると、笑顔《わらいがお》の美しいことも、耳の下に小さい黒子《ほくろ》のあることも、混雑《こみあっ》た電車の吊皮《つりかわ》にすらりとのべた腕《かいな》の白いことも、信濃町《しなのまち》から同じ学校の女学生とおりおり邂逅《でっくわ》して蓮葉《はすは》に会話《かいわ》を交《まじ》ゆることも、何《なに》も彼《か》もよく知るようになって、何処《どこ》の娘《むすめ》かしらん？　などと、其家其家庭《そのいえそのかてい》が知《し》り度《た》くなる。

でも後《あと》をつけるほど気《き》にも入《い》らなかったと見えて、敢《あえ》てそれを知ろうとも為《し》なかったが、ある日のこと、男は例の帽子《ぼうし》、例のインバネス、例の背広《せびろ》、例の靴《くつ》で、例の道を例のごとく千駄谷の田畝に懸って来ると、不図前から其肥った娘が、羽織《はおり》の上に白い前懸《まえかけ》をだらしなくしめて、半ば解《なか》き懸《と》けた髪《かみ》を右の手で押《おさ》えながら、友達《ともだち》らしい娘《むすめ》と何事《なにごと》をか語《かた》り合《あ》いながら、歩いて来た。何時《いつ》も逢《あ》う顔に違《ちが》った処《ところ》で逢《あ》うと、何《なん》だか他人《たにん》でないような気がするものだが、男もそう思ったと見えて、今少《いますこ》しで会釈《えしゃく》を為《す》るような態度《たいど》をして、急《いそ》いだ歩調《ほちょう》をはたと留《とど》めた。娘《むすめ》もちらと此方《こっち》を見て、これも『ああの人だナ、いつも電車に乗る人だナ』と思ったらしかったが、会釈《えしゃく》をする訳《わけ》もないので、黙《だま》ってすれ違って了《しま》った。男はすれ違いざまに、『今日《きょう》は学校に行《ゆ》かぬのかしらん？　そうか、試験休《しけんやす》みか、春休《はるやす》みか』と我知《われし》らず口に出して言って、五六間《けん》ほど無意識《むいしき》にてくてくと歩いて行くと、不図《ふと》黒い柔《やわら》かい美しい春の土に、丁度金屏風《ちょうどきんびょうぶ》に銀《ぎん》で画《か》いた松《まつ》の葉《は》のようにそっと落ちて居《い》るアルミューム の留針《ぴん》。

娘《むすめ》のだナと思った。

突如《いきなり》、振《ふ》り返《かえ》って、大きな声で、『もし、もし、もし』と連呼《れんこ》した。

娘《むすめ》はまだ十間《けん》ほど行《い》ったばかりだから、無論此声《むろんこのこえ》は耳に入《はい》ったのであるが、今すれ違った大男《おおおとこ》に声を懸《か》けられるとは思わぬので、振返《ふりかえ》りもせずに、友達《ともだち》の娘《むすめ》と肩《かた》を並《なら》べて静かに語《かた》りながら歩いて行く。朝日《あさひ》が美しく野《の》の農夫《のうふ》の鋤《すき》の刃《は》に光《ひか》る。

『もし、もし、もし』

と男は韻《いん》を押《ふ》んだように再び叫《さけ》んだ。

で、娘《むすめ》も振返《ふりかえ》る、見ると先程《さっき》の男は両手《りょうて》を高く挙《あ》げて、此方《こっち》を向いて面白《おもしろ》い恰好《かっこう》をして居《い》る。ふと、気が付いて、頭に手を遣《や》ると、留針《ぴん》が無い。はっと思って、『あら、私《わたし》、嫌《いや》よ、留針《ぴん》を落《おと》してよ』と友達に言うでもなく言って、其儘《そのまま》、ばたばたと駆《か》け出《だ》した。

男は手を挙げたまま、其《そ》のアルミユームの留針《ぴん》を持って待って居《い》る。娘《むすめ》はいきせき駆《か》けて来《く》る。やがて傍《そば》に近寄《ちかよ》った。

『何《ど》うも有難《ありがと》う……』

と、娘《むすめ》は耻《はずか》しそうに顔を赤《あか》くして、礼《れい》を言った。四角《しかく》の輪郭《りんかく》をした大きな顔は、さも嬉《うれ》しそうに莞爾《にこ》々《にこ》と笑って、娘の白い美しい手に其の留針《ぴん》を渡《わた》した。

『何《ど》うも有難《ありがと》う御座《ござ》いました』

と、再び丁寧《ていねい》に娘は礼を述べて、そして踵《くびす》を旋《めぐら》した。

男は嬉《うれ》しくって仕方《しかた》が無い。愉快《ゆかい》でたまらない。これであの娘《むすめ》、己《おれ》の顔を見覚《みおぼえ》たナ……と思う。電車でこれから邂逅《でつくわ》しても、あの人が私《わたし》の留針《ぴん》を拾ってくれた人だと思うに相違《そうい》ない。もし己《おれ》が年《とし》が若くって、娘《むすめ》が今少《いますこ》し別品《べつぴん》で、それでこういう幕《まく》を演《えん》ずると、面白《おもしろ》い小説《しょうせつ》が出来《でき》るんだなどと、取留《とりとめ》もないことを種々《いろいろ》に考える。連想《れんそう》に連《れん》想《そう》を生んで、其身《そのみ》の徒《いたず》らに青年時代《せいねんじだい》を浪費《ろうひ》して了《しま》ったことや、恋人《こいびと》で娶《めと》った妻君《さいくん》の老《お》いて了《しま》ったことや、小児《こども》の多いことや、自分の生活の荒涼《こうりょう》たることや、時勢《じせい》に後《おく》れて将来《しょうらい》に発達《はったつ》の見込《みこみ》のないことや、いろいろなことが乱《みだ》れた糸《いと》のように、縺《もつ》れ合《あ》って、こんがらがって、殆《ほとん》ど際限《さいげん》が無い。ふと、其《そ》の勤めて居《い》る某雑誌社《ぼうざつししゃ》のむつかしい編輯長《へんしゅうちょう》の顔が空想《くうそう》の中《うち》に歴々《ありあり》と浮《うか》んだ。と、急に空想を捨《す》てて、路《みち》を急《いそ》ぎ出《だ》した。

三

此男《このおとこ》は何処《どこ》から来るかと言うと、千駄谷《せんだがや》の田畝《たんぼ》を越して、櫟《くぬぎ》の並木《なみき》の向《むこ》うを通《とお》って、新建《しんだて》の立派《りっぱ》な邸宅《ていたく》の門《もん》をつらねて居《い》る間《あいだ》を抜けて、牛の鳴声の聞える牧場《ぼくじょう》、樫《かし》の大樹《たいじゅ》の連《つらな》って居《い》る小径《こみち》——その向《むこ》うをだらだらと下《くだ》った丘《おか》陵の陰《かげ》の一軒家《いっけんや》、毎朝《まいちょう》かれは其処《そこ》から出て来るので、丈《せ》の低い要垣《かなめがき》を周囲《まわり》に取廻《とりまわ》して、三間位《まくらい》と思われる家《いえ》の構造《つくり》、床《ゆか》の低いのと屋根《やね》の低いのを見ても、貸家建《かしやだ》ての粗雑《ぞんざい》な普請《ふしん》であることが解《わか》る。小さな門を中《なか》に入《はい》らなくとも、路《みち》から庭へ座敷がすっかり見えて、篠竹《しのだけ》の五六本《ぽん》生《は》えて居《い》る下《した》に、沈丁花《じんちょうげ》の小さいのが二三株《しゅ》咲いて居《い》るが、其傍《そのそば》には鉢植《はちうえ》の花《はな》ものが五つ六つだらしなく並べられてある。妻君《さいくん》らしい二十五六の女が甲斐々々《かいがい》しく襷《たすき》掛《がけ》になって働《はたら》いて居《い》ると、四歳位《よっつくらい》の男《おとこ》の児《こ》と六歳位《むっつくらい》の女の児とが、座敷の次《つぎ》の間《ま》の縁側《えんがわ》の日当《ひあた》りの好《い》い処《ところ》に出て、頻《しき》りに何事《なにごと》をか言って遊んで居《い》る。

家《いえ》の南側《みなみがわ》に、釣瓶《つるべ》の伏《ふ》せた井戸があるが、十時頃《ごろ》になると、天気さえ好《よ》ければ、妻君《さいくん》は其処《そこ》に盥《たらい》を持ち出して、頻《しき》りに洗濯《せんたく》を遣《や》る。衣《ころも》を滌《あら》う水《みず》の音《おと》がざぶざぶと長閑《のどか》に聞えて、隣《となり》の白蓮《びゃくれん》の美しく春の日に光るのが、何《なん》とも言えぬ平和《へいわ》な趣《おもむき》をあたりに展《ひろ》げる。妻君《さいくん》は成程《なるほど》もう色は衰《おとろ》えて居《い》るが、娘盛《むすめざかり》にはこれでも十人並《にんなみ》以上であったろうと思われる。やや旧派《きゅうは》の束髪《そくはつ》に結《ゆ》って、ふっくりとした前髪《まえがみ》を取ってあるが、衣服《きもの》は木綿《もめん》の縞物《しまもの》を着て、海老茶色《えびちゃいろ》の帯《おび》の末端《すえ》が地《ち》について、帯揚《おびあげ》のところが、洗濯《せんたく》の手を動かす度《たび》に、微《かす》かに揺《うご》く。少時《しばし》すると、末《すえ》の男《おとこ》の児《こ》が、かアちゃんかアちゃんと遠くから呼んで来て、傍《そば》に来ると、いきなり懐《ふところ》の乳《ちち》を探《さぐ》った。まアお待ちよと言ったが、中々《なかなか》言うことを聞《き》きそうにもないので、洗濯《せんたく》の手を前垂《まえだれ》でそそくさと拭《ふ》いて、前《まえ》の縁側《えんがわ》に腰をかけて、小児《こども》を抱《だ》いて遣《や》った。其処《そこ》に総領《そうりよう》の女《むすめ》の児《こ》も来て立《た》って居《い》る。

客間《きやくま》兼帯《けんたい》の書斎《しよさい》は六畳《じよう》で、硝子《がらす》の嵌《はま》った小さい西洋書箱《ほんばこ》が西の壁につけて置かれてあって、栗《くり》の木《き》の机《つくえ》がそれと反対《はんたい》の側《かわ》に据《す》えられてある。床《とこ》の間《ま》には春蘭《しゆんらん》の鉢《はち》が置かれて、幅物《ふくもの》は偽物《にせもの》の文晁《ぶんちよう》の山水《さんすい》だ。春の日が室《へや》の中《なか》まで射《さ》し込《こ》むので、実《じつ》に暖《あたたか》い、気持が好《い》い。机の上には二三の雑誌《ざつし》、硯箱《すずりばこ》は能代塗《のしろぬり》の黄《きいろ》い木地《きじ》の木目《もくめ》が出ているもの、そして其処《そこ》に社《しや》の原稿紙《げんこうし》らしい紙《かみ》が春風《はるかぜ》に吹かれて居《い》る。

此主人公《このしゆじんこう》は名《な》を杉田古城《すぎたこじよう》と謂《い》って、言うまでもなく文学者《ぶんがくしや》。若い頃には、相応《そうおう》に名《な》も出《で》て、二三の作品は随分喝采《ずいぶんかつさい》されたこともある。いや、三十七歳の今日《こんにち》、こうしてつまらぬ雑誌社の社員になって、毎日毎日《まいにちまいにち》通《かよ》って行《い》って、つまらぬ雑誌の校正《こうせい》までして、平凡に文壇《ぶんだん》の地平線《ちへいせん》以下に沈没《ちんぼつ》して了《しま》おうとは自《みず》からも思わなかったであろうし、人も思わなかった。けれどこうなったのには原因《げんいん》がある。此男《このおとこ》は昔《むかし》から左様《そう》だが、何《ど》うも若い女に憧《あこが》れるという悪い癖《くせ》がある。若い美しい女を見ると、平生《へいぜい》は割合《わりあい》に鋭《するど》い観察眼《かんさつがん》もすっかり権威《けんい》を失《うしな》って了《しま》う。若い時分、盛《さかん》に所謂少女小説《いわゆるしようじよしようせつ》を書いて、一時は随分青年を魅《み》せしめたものだが、観察も思想もないあくがれ小説《しようせつ》がそういつまで人に飽《あ》きられずに居《い》ることが出来《でき》よう。遂《つい》には此男《このおとこ》と少女《しょうじょ》と謂うことが文壇《ぶんだん》の笑《わらい》草《ぐさ》の種《たね》となってて、書く小説も文章《ぶんしょう》も皆《みん》な笑《わらい》の声《こえ》の中《うち》に没却《ぼつきゃく》されて了《しま》った。それに、其容貌《そのようぼう》が前《まえ》にも言った通り、此上《このうえ》もなく蛮《ばん》カラなので、いよいよそれが好《い》い反映《コントラスト》を為《な》して、あの顔で、何《ど》うしてああだろう、打見《うちみ》た所《ところ》は、いかな猛獣《もうじゅう》とでも闘《たたか》うというような風采《ふうさい》と体格《たいかく》とを持って居《い》るのに……。これも造化《ぞうか》の戯《たわむれ》の一つであろうという評判《ひょうばん》。

ある時、友人間《ゆうじんかん》で其噂《そのうわさ》があった時、一人《ひとり》は言った。

『何《ど》うも不思議《ふしぎ》だ。一種《しゅ》の病気かも知れんよ。先生のは唯《ただ》、あくがれるというばかりなのだからね。美しいと思う、唯《ただ》それだけなのだ。我々《われわれ》なら、そういう時には、すぐ本能《ほんのう》の力《ちから》が首《くび》を出して来て、唯《ただ》、あくがれる位《くらい》では何《ど》うしても満足《まんぞく》が出来んがね』

『そうとも、生理的《せいりてき》に、何処《どこ》か陥落《ロスト》して居《い》るんじゃないかしらん』

と言ったものがある。

『生理的と言うよりも性質じゃないかしらん』

『いや、僕《ぼく》は左様《そう》は思わん。先生、若い時分、余《あまり》に恣《ほしいまま》なことを仕《し》たんじゃないかと思うね』

『恣《ほしいまま》とは？』

『言わずとも解《わか》るじゃないか……。独《ひと》りで余《あま》り身を傷《きずつ》けたのさ。そういう習慣が長く続くと、生理的に、ある方面《ほうめん》がロストして了《しま》って、肉《にく》と霊《れい》とがしっくり合わんそうだ』

『馬鹿《ばか》な……』

と笑ったものがある。

『だッて、子供《こども》は出来《でき》るじゃないか』

と誰《だれ》かが言った。

『それは子供は出来るさ……』と前《まえ》の男は受けて、『僕は医者に聞いたんだが、其結果《そのけっか》は色々《いろいろ》ある相《そう》だ。烈《はげ》しいのは、生殖《せいしょく》の途《みち》が絶《た》たれて了《しま》うそうだが、中《なか》には先生のようになるのもあるということだ。よく例《れい》があるッて…………僕にいろいろ教えて呉《く》れたよ。僕は屹度《きっと》そうだと思う。僕の鑑定《かんてい》は誤《あやま》らんさ』

『僕は性質だと思うがね』

『いや、病気ですよ、少し海岸《かいがん》にでも行《い》って好《い》い空気でも吸《す》って、節欲《せつよく》しなければいかんと思う』

『だって、余《あま》りおかしい。それも十八九とか二十二三とかなら、そういうこともあるかも知れんが、妻君《さいくん》があって、子供が二人《ふたり》まであって、そして年は三十八にもなろうと言《い》うんじゃないか。君《きみ》の言うことは生理学万能《せいりがくばんのう》で、何《ど》うも断定過《だんていす》ぎるよ』

『いや、それは説明が出来る。十八九でなければそういうことはあるまいと言うけれど、それはいくらもある。先生、屹度《きっと》今でも遣《や》って居《い》るに相違《そうい》ない。若い時、ああいう風《ふう》で、無闇《むやみ》に恋愛神聖論者《れんあいしんせいろんしゃ》を気取《きど》って、口では綺麗《きれい》なことを言って居《い》ても、本能が承知しないから、つい自《みず》から傷《きずつ》けて快《かい》を取るというようなことになる。そしてそれが習慣になると、病的《びょうてき》になって、本能の充分《じゅうぶん》の働《はたらき》を為《す》ることが出来なくなる。先生《せんせい》のは屹度《きっと》それだ。つまり、前《まえ》にも言ったが、肉と霊《れい》とがしっくり調和《ちょうわ》することが出来んのだよ。それにしても面白《おもしろ》いじゃないか、健全《けんぜん》を以《もっ》て自《みず》からも任《にん》じ、人も許《ゆる》して居《い》たものが、今では不健全《ふけんぜん》も不健全、デカダンの標本《ひょうほん》になったのは。これというのも本能を蔑《ないがしろ》にしたからだ。君達《きみたち》は僕が本能万能説《ほんのうばんのうせつ》を抱《いだ》いて居《い》るのをいつも攻撃《こうげき》するけれど、実際《じっさい》、人間は本能が大切《たいせつ》だよ。本能に従《したが》わん奴《やつ》は生存《せいぞん》して居《お》られんさ』

と滔々《とうとう》として弁《べん》じた。

四

電車《でんしゃ》は代々木《よよぎ》を出た。

春の朝は心地《ここち》が好《い》い、日がうらうらと照《て》り渡《わた》って、空気はめずらしくくっきりと透《すき》徹《とお》って居《い》る。富士《ふじ》の美しく霞《かす》んだ下《した》に大きい櫟林《くぬぎばやし》が黒く並《なら》んで、千駄ケ谷《せんだがや》の凹地《くぼち》に新築《しんちく》の家屋《かおく》の参差《しんし》として連《つらな》って居《い》るのが走馬燈《まわりどうろう》のように早く行過《ゆきす》ぎる。けれど此無《このむ》言《ごん》の自然《しぜん》よりも美しい少女《しょうじょ》の姿《すがた》の方《ほう》が好《い》いので、男は前《まえ》に相対《あいたい》した二人《ふたり》の娘《むすめ》の顔と姿とに殆《ほとん》ど魂《たましい》を打込《うちこ》んで居《い》た。けれど無言《むごん》の自然を見るよりも活《い》きた人間《にんげん》を眺《なが》めるのは困難《こんなん》なもので、余《あま》りしげしげ見て、悟《さと》られてはという気があるので、傍《わき》を見て居《い》るような顔をして、そして電光《いなずま》のように早く鋭《するど》くながし眼《め》を遣《つか》う。誰《だれ》だか言った、電車で女を見るのは正面《しょうめん》では余《あま》り眩《まぶ》しくって好《い》けない、そうかと言って、余り離れても際立《きわだ》って人に怪《あや》まれるの恐《おそ》れがある、七分位《ぶくらい》に斜《ななめ》に対《たい》して座《ざ》を占《し》めるのが一番便利《べんり》だと。男は少女《しょうじょ》にあくがれるのが病《やまい》であるほどであるから、無論《むろん》、此位《このくらい》の秘訣《ひけつ》は人に教わるまでもなく、自然《しぜん》に其《そ》の呼吸を自覚して居《い》て、いつでも其《そ》の便利な機会を攫《つか》むことを過《あや》まらない。

年上《としうえ》の方《ほう》の娘《むすめ》の眼《め》の表情《ひょうじょう》がいかにも美しい。星《ほし》――天上《てんじょう》の星もこれに比《くら》べたなら其《そ》の光《ひかり》を失《うしな》うであろうと思った。縮緬《ちりめん》のすらりとした膝《ひざ》のあたりから、華奢《きゃしゃ》な藤色《ふじいろ》の裾《すそ》、白足袋《しろたび》をつまだてた三枚襲《まいがさね》の雪駄《せった》、ことに色の白い襟首《えりくび》から、あのむっちりと胸が高くなって居《い》るあたりが美しい乳房《ちぶさ》だと思うと、総身《そうみ》が掻挘《かきむ》しられるような気がする。一人《ひとり》の肥《ふと》った方《ほう》の娘《むすめ》は懐《ふところ》から、ノウトブックを出して頻《しき》りにそれを読み始めた。

暫《しばら》くして千駄《せんだ》ヶ谷《や》駅。

此処《ここ》から、かれの知り居《お》る限りに於《おい》ては、少《すくな》くとも三人《にん》の少女《おとめ》が乗るのが例だ。けれど今日《きょう》は、何《ど》うしたのか、時刻《じこく》が後《おく》れたのか早いのか、見知《みし》って居《い》る三人の一人《ひとり》だも乗らぬ。その代《かわ》りに、それは不器量《ふきりょう》な、二目《ふため》とは見られぬような若い女が乗った。この男は若い女なら、大抵《たいてい》な醜《みにく》い顔にも、眼《め》が好《い》いとか、鼻が好《い》いとか、色が白いとか、襟首《えりくび》が美しいとか、膝《ひざ》の肥《ふと》り具合《ぐあい》が好《い》いとか、何《なに》かしらの美を発見《はっけん》して、それを見て楽《たのし》むのであるが、今乗った女は、さがしても、発見されるような美は一ヶ所《しょ》も持《も》って居《お》らなかった。反歯《そっぱ》、ちぢれ毛《け》、色黒《いろくろ》、見た丈《だけ》でも不愉快《ふゆかい》なのが、いきなり、かれの隣《となり》に来て座《ざ》を取《と》った。

信濃町《しなのまち》の停留場《ていりゆうじよう》は、割合《わりあい》に乗る少女《しようじよ》の少《すくな》いところで、曾《かつ》て一度《たび》すばらしく美しい、華族《かぞく》の令嬢《れいじよう》かと思われるような少女と膝《ひざ》を並《なら》せて牛込《うしごめ》まで乗った記憶《きおく》があるばかり、其後《そののち》、今《いま》一度何《どど》うかして逢《あ》いたいもの、見たいものと願って居《い》るけれど、今日《きよう》まで遂《つ》いぞかれの望《のぞみ》は遂《と》げられなかった。電車は紳士やら軍人やら商人やら学生やらを多く載《の》せて、そして飛龍《ひりゆう》のごとく駛《はし》り出した。

隧道《トンネル》を出て、電車の速力《そくりよく》がやや緩《ゆる》くなった頃《ころ》から、かれは頻《しき》りに首を停留場《ていりゆうじよう》の待合所《まちあいじよ》の方《かた》に注《そそ》いで居《い》たが、ふと其《そ》の見馴《みな》れたリボンの色を見得《みえ》たと見えて、其顔《そのかお》は晴々《はればれ》しく輝《かがや》いて胸は躍《おど》った。四ツ谷《よや》からお茶《ちや》の水《みず》の高等女学校《こうとうじよがつこう》に通う十八歳位《くらい》の少女《しようじよ》、身装《みなり》も綺麗《きれい》に、ことにあでやかな容色《きりよう》、美しいと言《い》ってこれほど美しい娘《むすめ》は東京《とうきよう》にも沢山《たくさん》はあるまいと思われる。丈《せい》はすらりとして居《い》るし、眼《め》は鈴《すず》を張《は》ったようにぱっちりとして居《い》るし、口《くち》は緊《しま》って肉《にく》は痩《や》せず肥《ふと》らず、晴々《はればれ》した顔には常《つね》に紅《くれない》が漲《みなぎ》って居《い》る。今日《きよう》は生憎乗客《あやにくじようきやく》が多いので、其儘扉《そのままドア》の傍《わき》に立ったが、『込合《こみあ》いますから前の方《ほう》へ詰《つ》めて下さい』という車掌《しやしよう》の言葉《ことば》に、余儀《よぎ》なくされて、男のすぐ前のところに来て、下《さ》げ皮《かわ》に白い腕《かいな》を延《の》べた。男は立って代《かわ》って遣《や》りたいとは思わぬではないが、そうするとその白い腕《かいな》が見られぬばかりではなく、上《うえ》から見下《みお》ろすのは、いかにも不便《ふべん》なので、其儘席《そのまませき》を立とうともしなかった。

込合《こみあ》った電車の中《なか》の美しい娘《むすめ》、これほどかれに趣味深《しゅみふか》くうれしく感ぜられるものはないので、今迄《いままで》にも既《すで》に幾度《いくたび》となく其《そ》の嬉《うれ》しさを経験《けいけん》した。柔《やわら》かい衣服《きもの》が触《さわ》る。得《え》ならぬ香水《こうすい》のかおりがする。温《あたた》かい肉《にく》の触感《しょくかん》が言《い》うに言われぬ思《おもい》をそそる。ことに、女の髪の匂《にお》いと謂《い》うものは、一種《しゅ》の烈《はげ》しい望《のぞみ》を男に起《おこ》させるもので、それが何《なん》とも名《めい》状《じょう》せられぬ愉快《ゆかい》をかれに与《あた》えるのであった。

市谷《いちがや》、牛込《うしごめ》、飯田町《いいだまち》と早く過ぎた。代々木から乗った娘《むすめ》は二人《ふたり》とも牛込《うしごめ》で下《お》りた。電車は新陳代謝《しんちんたいしゃ》して、益々《ますます》混雑を極《きわ》める。それにも拘《かかわ》らず、かれは魂《たましい》を失《うしな》った人のように、前の美しい顔にのみあくがれ渡《わた》って居《い》る。

やがてお茶《ちゃ》の水《みず》に着く。

五

此男《このおとこ》の勤《つと》めて居《い》る雑誌社《ざっししゃ》は、神田《かんだ》の錦町《にしきちょう》町で、青年社《せいねんしゃ》という。正則英語学校《せいそくえいごがっこう》のすぐ次《つぎ》の通《とお》りで、街道《かいどう》に面《めん》した硝子戸《がらすど》の前には、新刊の書籍《しょせき》の看板《かんばん》が五つ六つも並《なら》べられてあって、戸を開《あ》けて中《なか》に入《はい》ると、雑誌書籍の埒《らち》もなく取散《とりちら》された室《へや》の帳場《ちょうば》には社主《しゃしゅ》の難《むつか》しい顔が控《ひか》えて居《い》る。編輯室《へんしゅうしつ》は奥の二階で、十畳《じょう》の一室、西と南とが塞《ふさが》って居《い》るので、陰気《いんき》なこと夥《おびただ》しい。編輯長《へんしゅうちょう》の机《つくえ》が真中《まんなか》にあって、其附近《そのふきん》に編輯員《へんしゅういん》の机が五脚《きゃく》ほど並べられてあるが、かれの机は其《そ》の最《もっと》も壁に近い暗《くら》いところで、雨の降る日などは、洋燈《ランプ》が欲《ほ》しい位《くらい》である。それに、電話《でんわ》がすぐ側《わき》にあるので、間断《ひっきり》なしに鳴って来る電鈴《でんれい》が実《じつ》に煩《うるさ》い。先生、お茶《ちゃ》の水《みず》から外濠線《そとぼりせん》に乗換《のりか》えて、錦町《にしきちょう》三町目《ちょうめ》の角《かど》まで来て下りると、楽しかった空想《くうそう》はすっかり覚《さ》めて了《しま》ったような侘《わび》しい気がして、編輯長《へんしゅうちょう》と其《そ》の陰気《いんき》な机とがすぐ眼《め》に浮《うか》ぶ。今日《きょう》も一日《にち》苦しまなければならぬかナアと思う。生活《せいかつ》と謂《い》うものは辛《つら》いものだとすぐ後《あと》を続《つづ》ける。と、此世《このよ》も何《なに》もないような厭《いや》な気《き》になって、街道《かいどう》の塵埃《ほこり》が黄《きいろ》く眼《め》の前《まえ》に舞う。校正《こうせい》の穴埋《あなう》めの厭《いや》なこと、雑誌の編輯《へんしゅう》の無意味なることが歴々《ありあり》と頭脳《あたま》に浮《うか》んで来る。殆《ほとん》ど留度《とめど》が無い。そればかりならまだ好《い》いが、半《なか》ば覚《さ》めてまだ覚め切らない電車《でんしゃ》の美しい影《かげ》が、其侘《そのわび》しい黄《きいろ》い塵埃《ほこり》の間《あいだ》に覚束《おぼつか》なく見えて、それが何《なん》だかこう自分の唯一《ゆいつ》の楽《たのし》みを破壊《はかい》して了《しま》うように思われるので、愈《いよいよ》辛《つら》い。

編輯長《へんしゆうちよう》がまた皮肉な厭《いや》な男で、人《ひと》を冷《ひや》かすことを何《なん》とも思わぬ。骨折《ほねお》って美文《びぶん》でも書くと、杉田君《すぎたくん》、またおのろけが出ましたねと突込《つっこ》む。何《なん》ぞと謂《い》うと、少女《しょうじょ》を持《もち》出《だ》して笑われる。で、おりおりはむっとして、己《おれ》は子供じゃない、三十七だ、人を馬《ば》鹿《か》にするにも程《ほど》があると憤慨《ふんがい》する。けれどそれはすぐ消えて了《しま》うので、懲《こ》りることもなく、艶《つや》っぽい歌《うた》を詠《よ》み、新体詩《しんたいし》を作《つく》る。

即《すなわ》ちかれの快楽《たのしみ》と言うのは電車の中の美しい姿《すがた》と、美文《びぶん》新体詩を作ることで、社《しゃ》に居《い》る間《あいだ》は、用事《ようじ》さえ無《な》いと、原稿紙《げんこうし》を延《の》べて、一生懸命《しょうけんめい》に美《うつく》しい文《ぶん》を書いて居《い》る。少女に関《かん》する感想《かんそう》の多いのは無論のことだ。

其日《そのひ》は校正《こうせい》が多いので、先生一人《ひとり》それに忙殺《ぼうさつ》されたが、午後二時頃《ころ》、少《すこ》し片附《かたづ》いたので、一呼吸吐《いきつ》いて居《い》た。

『杉田君』

と編輯長《へんしゆうちよう》が呼《よ》んだ。

『え?』

と其方《そっち》を向くと、

『君《きみ》の近作《きんさく》を読みましたよ』と言って、笑って居る。

『左様《そう》ですか』

『不相変《あいかわらず》、美しいねえ、何《ど》うしてああ綺麗《きれい》に書けるだろう。実際《じっさい》、君《きみ》を好男子《こうだんし》と思うのは無理《むり》は無いよ。何《なん》とか謂《い》う記者《きしゃ》は、君《きみ》の大《おお》きな体格《たいかく》を見て、其《そ》の予想外《よそうがい》なのに驚《おどろ》いたと言うからね』

『左様《そう》ですかナ』

と、杉田は詮方《せんかた》なしに笑う。

『少女万歳《おとめばんざい》ですな!』

と編輯員《へんしゅういん》の一人《ひとり》が相槌《あいづち》を打って冷《ひや》かした。

杉田はむっとしたが、下《くだ》らん奴《やつ》を相手にしてもと思って、他方《わき》を向いて了《しま》った。実《じつ》に癪《しゃく》に触《さわ》る、三十七の己《おれ》を冷《ひや》かす気が知《し》れぬと思った。

薄暗《うすくら》い陰気な室《へや》は何《ど》う考えて見ても侘《わび》しさに耐《た》えかねて巻烟草《たばこ》を吸《す》うと、青《あお》い紫《むらさき》の烟《けむり》がすうと長く靡《なび》く。見詰《みつ》めて居《い》ると、代々木《よよぎ》の娘《むすめ》、女学生。四谷《よつや》の美《うつく》しい姿などが、ごっちゃになって、縺《もつ》れ合って、それが一人《ひとり》の姿のように思われる。馬鹿々々《ばかばか》しいと思わぬではないが、しかし愉快《ゆかい》でないこともない様子《ようす》だ。

午後三時過《す》ぎ、退出時刻《たいしゅつじこく》が近くなると、家《いえ》のことを思う。妻《さい》のことを思う。つまらんな、年《とし》を老《と》って了《しま》ったとつくづく慨嘆《がいたん》する。若い青年時代《せいねんじだい》を下《くだ》らなく過《すご》して、今になって後悔《こうかい》したとて何《なん》の役《やく》に立《た》つ、本当につまらんなアと繰返《くりかえ》す。若い時に、何故烈《なにゆえはげ》しい恋《こい》を為《し》なかった。何故充分《なぜじゆうぶん》に肉《にく》のかおりをも嗅《か》がなかった。今時分《いまじぶん》思ったとて、何《なん》の反響《はんきよう》がある。もう三十七だ。こう思うと、気が苛々《いらいら》して、髪の毛を挘《むし》り度《た》くなる。

社《しや》の硝子戸《がらすと》を明《あ》けて戸外《おもて》に出る。終日《しゆうじつ》の労働で頭脳《あたま》はすっかり労《つか》れて、何《なん》だか脳《のう》天《てん》が痛いような気が為《す》る。西風《にしかぜ》に舞《ま》い上《あが》る黄《きいろ》い塵埃《ほこり》、佗《わび》しい、佗《わび》しい。何故《なぜ》か今日《きよう》は殊更《ことさら》に佗《わび》しく辛《つら》い。いくら美しい少女《しようじよ》の髪の香《かおり》に憧《あこが》れたからって、もう自分等《じぶんら》が恋《こい》をする時代では無い。また恋を為《し》たいたッて、美しい鳥を誘《いざな》う羽翼《はね》をもう持って居《お》らない。と思うと、もう生きて居《い》る価値《かち》が無い、死んだ方《ほう》が好《い》い、死んだ方が好《い》い、とかれは大きな体格《たいかく》を運《はこ》びながら考えた。

顔色《かおつき》が悪い。眼《め》の濁《にご》って居《い》るのは其心《そのこころ》の暗いことを示《しめ》して居《い》る。妻《つま》や小児《こども》や平和な家庭《かてい》のことを念頭《ねんとう》に置かぬではないが、そんなことはもう非常《ひじよう》に縁故《えんこ》が遠いように思われる。死《し》んだ方《ほう》が好《い》い？　死んだら、妻《つま》や児《こ》は如何《どう》する？　此念《このねん》はもう微《かす》かになって、反響《はんきよう》を与《あた》えぬほど其心《そのこころ》は神経的《しんけいてき》に陥落《かんらく》して了《しま》った。寂《さび》しさ、寂《さび》しさ、寂《さび》しさ、此寂《このさび》しさを救《すく》って呉《く》れるものは無いか、美しい姿の唯一《ただひと》つで好《い》いから、白い腕《かいな》に此身《このみ》を巻《ま》いて呉《く》れるものは無いか。そうしたら、屹度復活《きっとふっかつ》する。希望《きぼう》、奮闘《ふんとう》、勉励《べんれい》、必ず其所《そこ》に生命《せいめい》を発見《はっけん》する。この濁《にご》った血が新しくなれると思う。けれど此男《このおとこ》は実際《じっさい》それに由《よ》って、新しい勇気《ゆうき》を恢復《かいふく》することが出来《でき》るか何《ど》うかは勿論疑問《もちろんぎもん》だ。

外濠《そとぼり》の電車が来たのでかれは乗った。敏捷《びんしょう》な眼《め》はすぐ美しい衣服《きもの》の色《いろ》を求めたが、生憎《あやにく》それにはかれの願《ねがい》を満足《まんぞく》させるようなものは乗って居《お》らなかった。けれど電車に乗ったということだけで心が落付《おちつ》いて、これからが――家《いえ》に帰るまでが、自分の極楽境《パラダイス》のように、気がゆったりと為《な》る。路側《みちばた》のさまざまの商店《しょうてん》やら招牌《かんばん》やらが走馬《そうば》燈《とう》のように眼《め》の前《まえ》を通るが、それがさまざまの美しい記憶を思《おも》い起《おこ》させるので好《い》い心《ここ》地《ち》が為《す》るのであった。

お茶《ちゃ》の水《みず》から甲武《こうぶ》に乗換《のりか》えると、おりからの博覧会《はくらんかい》で電車は殆《ほとん》ど満員、それを無理に車掌《しゃしょう》の居《い》る所《ところ》に割込《わりこ》んで、兎《と》に角《かく》に右の扉《と》の外《そと》に立って、確《しっか》りと真鍮《しんちゅう》の丸棒《まるぼう》を攫《つか》んだ。ふと車中《しゃちゅう》を見たかれははッとして驚《おどろ》いた。其硝子窓《そのがらすまど》を隔《へだ》ててすぐ其処《そこ》に、信濃町《しなのまち》で同乗《どうじょう》して、今《いま》一度是非逢《どぜひあ》いたい、見たいと願って居《い》た美しい令嬢《れいじょう》が、中折《なかおれ》帽《ぼう》や角帽《かくぼう》やインバネスに殆《ほとん》ど圧《お》しつけられるようになって、丁度烏《ちょうどからす》の群《むれ》に取巻《とりま》かれた鳩《はと》といったような風《ふう》。

美しい眼《め》、美しい手、美しい髪、何《ど》うして俗悪《ぞくあく》な此《こ》の世《よ》の中《なか》に、こんな綺麗《きれい》な娘《こ》が居《い》るかとすぐ思った。誰《たれ》の妻君《さいくん》になるのだろう、誰の腕《かいな》に巻《ま》かれるのであろうと思うと、堪《たま》らなく口惜《くちお》しく情《なさ》けなくなって、其結婚《そのけっこん》の日《ひ》は何時《いつ》だか知らぬが、其日《そのひ》は呪《のろ》うべき日だと思った。白い襟首《えりくび》、黒い髪、鶯茶《うぐいすちゃ》のリボン、白魚《しらうお》のような綺麗《きれい》な指、宝《ほう》石入《せきいり》の金《きん》の指環《ゆびわ》——乗客《じょうきゃく》が混合《こみあ》って居《い》るのと硝子越《がらすこし》になって居《い》るのとを都合《つごう》の好《い》いことにして、かれは心ゆくまで其《そ》の美しい姿《すがた》に魂《たましい》を打込《うちこ》んで了《しま》った。

水道橋《すいどうばし》、飯田町《いいだまち》、乗客《じょうきゃく》は愈《いよいよ》多い。牛込《うしごめ》に来ると、殆《ほとん》ど車台《しゃだい》の外《そと》に押出《おしだ》されそうになった。かれは真鍮《しんちゅう》の棒につかまって、しかも眼《め》を令嬢《れいじょう》の姿から離《はな》さず、恍惚《うっとり》として自《みず》からわれを忘れるという風《ふう》であったが、市谷《いちがや》に来た時、また五六の乗客があったので、押《おし》つけて押《おし》かえしては居《い》るけれど、稍《やや》ともすると、身《み》が車外《しゃがい》に突出《つきだ》されそうになる。電線《でんせん》のうなりが遠《とお》くから聞《きこ》えて来て、何《なん》となくあたりが騒々《そうぞう》しい。ピーと発《はっ》車《しゃ》の笛《ふえ》が鳴って、車台《しゃだい》が一二間《けん》ほど出て、急にまた其速力《そのそくりょく》が早められた時、何《ど》うした機会《はずみ》か、少《すく》くとも横に居《い》た乗客の二三が中心《ちゅうしん》を失《うしな》って倒《たお》れ懸《かか》って来《き》た為《た》めでもあろうが、令嬢の美《び》に恍惚《うっとり》として居《い》たかれの手が真鍮《しんちゅう》の棒から離れたと同時に、其《そ》の大きな体《からだ》は見事《みごと》に筋斗《とんぼ》がえりを打って、何《なん》の事《こと》はない大きな毬《まり》のように、ころころと線路の上《うえ》に転《ころ》がり落《お》ちた。危《あぶ》ないと車掌《しゃしょう》は絶叫《ぜっきょう》したのも遅《おそ》し早《はや》し、下《くだ》りの電車が運悪《うんわる》く地《ち》を撼《うご》かして遣《や》って来たので、忽《たちま》ち其《そ》の黒い大きい一塊物《かいぶつ》は、あなやと言う間《ま》に、三四間《けん》ずるずると引摺《ひきず》られて、紅《あか》い血《ち》が一線長《せんなが》くレールを染めた。

非常警笛《ひじょうけいてき》が空気を劈《つんざ》いてけたたましく鳴った。

深川の唄

永井荷風

一

四谷見付《よつやみつけ》から築地両国行《つきじりょうごくゆき》の電車に乗った。別に何処《どこ》へ行《ゆ》くと云《い》う当《あて》もない。船でも車でも、動いて居《い》るものに乗って、身体《からだ》を揺《ゆす》られるのが、自分には一種の快感を起《おこ》させるからで、これは紐育《ニューヨーク》の高架《こうか》鉄道、巴里《パリ》の乗合《のりあい》馬車の屋根裏《やねうら》、セエヌの河船《かわふね》なぞで、何時《いっ》とはなしに妙《みょう》な習慣になってしまった。

いい天気である。あたたかい。風も吹かない。十二月も早《は》や二十日過《す》ぎなので、電車の馳《は》せ行《ゆ》く麴町《こうじまち》の大通《おおどお》りには、松竹《まつたけ》の注目飾《しめかざ》り、鬼灯提灯《ほおずきちょうちん》、引幕《ひきまく》、高張《たかはり》、幟《のぼり》や旗のさまざまが、汚《よご》れた瓦屋根《かわらやね》と、新築した家の生々《なまなま》しい木の板とに対照して、少《すこ》しの調和もない混乱をば、猶更無残《なおさらむざん》に、三時過《す》ぎの日光《ひかげ》が斜《なな》めに眩《まぶ》しく照《てら》している。調子《ちょうし》の合わない広告の楽隊《がくたい》が彼方此方《かなたこなた》から騒々《そうぞう》しく囃《はや》し立てて居《い》る。人通《ひとどお》りは随分烈《ずいぶんはげ》しい。けれども、電車の中は案外《あんがい》すいていて、黄《きいろ》い軍服をつけた大尉《たいい》らしい軍人が一人《ひとり》、片隅《かたすみ》に小さくなって兵卒《へいそつ》が二人《ふたり》、折革包《おりかばん》を膝《ひざ》にして請負師風《うけおいしふう》の男が一人《ひとり》、掛取《かけと》りらしい商人《あきんど》が三人、女学生《じよがくせい》が二人《ふたり》、それに新宿か四《よ》ッ谷《や》の婆芸者《ばばあげいしや》らしい女が一人《ひとり》乗って居《い》るばかりであった。日の光が斜《なな》めに窓からさし込むので、それを真面《まとも》に受けた大尉《たいい》の垢《あか》じみた横顔《よこがお》には剃《そ》らない無性髯《ぶしようひげ》が一本々々針《はり》のように光っている。女学生《じよがくせい》のでこでこした庇髪《ひさしがみ》が赤ちゃけて、油についた塵《ごみ》が二目《ふため》と見られぬ程《ほど》きたならしい。一同黙《だま》っていずれも唇《くちびる》を半開《はんあ》きにしたまま遣《や》り場のない目で互《たがい》に顔を見合《みあ》わして居《い》る。伏目《ふしめ》になって、いろいろの下駄《げた》や靴の先が並《なら》んだ乗客の足元《あしもと》を見て居《い》るものもある。何万円《なんまんえん》とか書いた福引《ふくびき》の広告ももう一向《こう》に人の視線を引かぬらしい。婆芸者《ばばあげいしや》が土色《つちいろ》した薄《うすツ》ぺらな唇《くちびる》を捩《ね》じ曲げてチュウウッチュウウッと音《おと》高く虫歯《むしば》を吸う。請負《うけおい》師《し》が大《おお》欠《あく》の後でウーイと一ッ噯《おくび》をする。車掌《しやしよう》が身体《からだ》を折れる程《ほど》に反《そら》して時々はずれる後《うしろ》の綱《つな》を引き直して居《い》る。

麹町《こうじまち》の三丁目《ちようめ》で、ぶら提灯《ちようちん》と大きな白木綿《しろもめん》の風呂敷包《ふろしきづつみ》を持ち、ねんねこ半纏《ばんてん》で赤《あか》児《ご》を負《おぶ》った四十ばかりの醜《みにく》い女房《にようぼう》と、ベエスボオルの道具を携《たずさ》えた少年が二人《ふたり》乗った。少年が夢中《むちゆう》で昨日済《きのうす》んだ学期試験の成績を話し出す。突然《とつぜん》けたたましく泣き出す赤児《あかご》の声《こえ》に婆芸者《ばばあげいしや》の歯を吸う響《ひびき》ももう聞《きこ》えなくなった。乗客は皆《みん》な泣く子の顔を見て居《い》る。女房《にようぼう》はねんねこ半纏《ばんてん》の紐《ひも》をといて赤児《あかご》を抱《だ》き下《おろ》し、渋紙《しぶかみ》のような肌《はだ》をば平《へい》気《き》で、襟垢《えりあか》だらけの襟《えり》を割って乳房《ちぶさ》を含ませる。赤児《あかご》がやっとの事泣《な》き止《や》んだかと思うと、車掌《しやしよう》が、「半蔵門《はんぞうもん》、半蔵門《はんぞうもん》でございます。九段《くだん》、市《いち》ケ谷《や》、本郷《ほんごう》、神田《かんだ》、小石川《こいしかわ》方面のお方はお乗換《のりか》え——あなた小石川《こいしかわ》はお乗換《のりかえ》ですよ。お早く願います。」と注意されて女房《にようぼう》は真黒《まつくろ》な乳房《ちぶさ》をぶらぶら、片手《かたて》に赤児片手《あかごかたて》に提灯《ちようちん》と風呂敷包《ふろしきづつ》みを抱《かか》え込み、周章《あわ》てふためいて降《お》り掛ける。其《そ》の入口《いりぐち》からは、待って居《い》た乗客が案外《あんがい》にすいて居《い》る車と見るや猶更《なおさら》に先《さ》きを争い、出ようとする女房《にようぼう》を押しかえして、われ勝《が》ちに座を占める。赤児《あかご》がヒーヒー喚《わめ》き立てる。おしめが滑《すべ》り落ちる。乗客が構《かま》わず其《そ》れをば踏み付けて行《ゆ》こうとするので、此度《こんど》は女房《にようぼう》が死物狂《しにものぐる》いに叫《さけ》び出した。口癖《くちぐせ》になった車掌《しやしよう》は黄色《きいろ》い声《こえ》で、

「お忘れものの御座《ござ》いませんように。」と注意したが、見るから汚《きたな》いおしめの有様《ありさま》。と云《い》って黙って打捨《うちす》てても置かれず、詮方《せんかた》なしに「おあぶのう御座《ござ》いますから、御ゆるり願います。」

漸《ようや》くにして、チーンと引く鈴の音《おと》。

「動きます。」

車掌《しゃしょう》の声《こえ》に電車ががたりと動くや否《いな》や、席を取りそこねて立って居《い》た半白《はんぱく》の婆《ばばあ》に、其《そ》の娘らしい十八九の銀杏返し《いちょうがえ》前垂掛《まえだれか》けの女が、二人《ふたり》一度に揃《そろ》って倒れかけそうにして危《あや》うくも釣革《つりかわ》に取りすがった。同時に、

「あいたッ。」と足を踏まれて叫《さけ》んだものがある。半纏股引《はんてんももひき》の職人である。

「まア、どうぞ御免《ごめん》なすって……。」と銀杏返《いちょうがえし》は顔を真赤《まっか》に腰《こし》をかがめて会釈《えしゃく》しようとすると、電車の動揺《どうよう》で又《また》よろけ掛ける。

「ああ、こわい。」

「おかけなさい。姉さん。」

薄髯《うすひげ》の二重廻《にじゅうまわし》が殊勝《しゅしょう》らしく席を譲《ゆず》った。

「どうもありがとう……。」

然《しか》し腰《こし》をかけたのは母らしい半白《はんぱく》の婆《ばばあ》であった。若い女は丈伸《せのび》をするほど手を延《の》ばして釣革《つりかわ》を握締《にぎりし》める。其袖口《そのそでぐち》からどうかすると腋《わき》の下まで見え透《す》きそうになるのを、頻《しきり》と気にして絶えず片手《かたて》でメレンスの襦袢《じゅばん》の袖口《そでぐち》を押《おさ》えている。車はゆるやかな坂道をば静《しず》かに心地《ここち》よく馳《は》せ下《お》りて行《ゆ》く。突然《とつぜん》足を踏まれた先刻《さっき》の職人が鼾声《いびき》をかき出す。誰《た》れかが報知《ほうち》新聞の雑報《ざつぽう》を音読し初めた。

三宅坂《みやけざか》の停留場は何《なん》の混雑もなく過ぎて、車は瘤《こぶ》だらけに枯《か》れた柳《やなぎ》の並木《なみき》の下をば土手《どて》に沿うて走る。往来《おうらい》の右側、いつでも夏らしく繁《しげ》った老樹《ろうじゅ》の下に、三四台の荷《に》車《ぐるま》が休んで居《い》る。二頭立《とうだて》の箱《はこ》馬車が電車を追抜《おいぬ》けて行《い》った。左側は車の窓から濠《ほり》の景《け》色《しき》が絵のように見える。石垣《いしがき》と松の繁《しげ》りを頂《いただ》いた高い土手《どて》が、出たり這入《はい》ったりして、その傾斜《けいしゃ》のやがて静《しず》かに水に接する処《ところ》、日の光に照らされた岸の曲線は見渡《みわた》すかぎり、驚《おどろ》くほど鮮《あざ》やかに強く引立《ひきた》って見えた。青く濁《にご》った水の面《おもて》は鏡の如《ごと》く両岸《りょうがん》の土手《どて》を蔽《おお》う雑草をはじめ、柳《やなぎ》の細い枝も一条《ひとすじ》残さず、高い空の浮雲《うきくも》までをそのままはっきりと映して居《い》る。それをば土手《どて》に群《むらが》る水鳥《みずとり》が幾羽《いくは》となく飛入《とびい》っては絶えず、羽《は》ばたきの水沫《しぶき》に動《うごか》し砕《くだ》く。岸に沿うて電車がまがった。濠《ほり》の水は一層広く一層静《しず》かに望まれ、その端《はず》れに立っている桜田門の真白《まっしろ》な壁が夕方前《ゆうがたまえ》の稍濁《ややにご》った日の光に薄く色づいた儘《まま》いずれが影いずれが実在の物とも見分《みわ》けられぬほど鮮《あざ》やかに水の面《おもて》に映って居《い》る。間《ま》もなく日比谷《ひびや》の公園外《そと》を通る。電車は広い大通《おおどお》りを越して向側《むかいがわ》の稍狭《ややせま》い街《まち》の角《かど》に止まるのを待ちきれず二三人の男が飛び下《お》りた。

「止《とま》りましてからお降《お》り下《くだ》さい。」と車掌《しゃしょう》の云《い》うより先に一人《ひとり》が早くも転《ころ》んでしまった。無論《むろん》大《たい》した怪我《けが》ではないと合点《がてん》して、車掌《しゃしょう》は見向《みむ》きもせず、曲《まが》り角《かど》の大厄難《だいやくなん》、後《うしろ》の綱《つな》のはずれかかるのを一生懸命に引直《ひきなお》す。車は八重《やえ》に重《かさな》る線路の上をガタガタと行悩《ゆきなや》んで、定《さだ》めの停留場に着くと、其処《そこ》に待っている一団の群集。中には大きな荷物を背負《せお》った商人も二三人交《まじ》っていた。

例の上《あが》り降《お》りの混雑。車掌《しゃしょう》は声《こえ》を黄《きいろ》くして、

「どうぞ中の方《ほう》へ願います。あなた、恐入《おそれい》りますが、もう少々《しょうしょう》最一《もうひと》ッ先《さ》きの釣革《つりかわ》に願います。込み合いますから御懐中物《ごかいちゅうもの》を御用心。動きます。只今《ただいま》お乗り換《か》えの方は切符《きっぷ》を拝見致《はいけんいた》します。次は数寄屋橋《すきやばし》、お乗換《のりかえ》の方《かた》は御座《ござ》いませんか。」

「ありますよ。鳥渡《ちょいと》、乗りかえ。本所《ほんじょ》は乗り換《か》えじゃないんですか。」髪を切り下《さ》げにした隠居風《いんきょふう》の老婆《ろうば》が逸《いち》早く叫《さけ》んだ。

けれども車掌《しゃしょう》は片隅《かたすみ》から一人々々《ひとりひとり》に切符《きっぷ》を切《きっ》て行《ゆ》く忙《いそが》しさ。「往復で御座《ござ》いますか。十銭《せん》銀貨で一銭《せん》のお釣《つり》で御座《ござ》います。お乗換《のりかえ》は御座《ござ》いませんか。」

「乗換《のりかえ》ですよ。ちょいと。」本所行《ほんじょゆき》の老婆《ろうば》は首でも絞《し》められるように、もう金切声《かなきりごえ》になっている。

「おい、回数券《かいすうけん》だ、三十回……。」

鳥打帽《とりうちぼう》に双子縞《ふたこじま》の尻端折《しりはしょり》、下には長い毛糸の靴足袋《くつたび》に編上《あみあ》げ靴《ぐつ》を穿《は》いた自転車屋の

手代《てだい》とでも云《い》いそうな男が、一円紙幣《さつ》二枚を車掌《しやしよう》に渡した。車掌《しやしよう》は受取《うけと》ったなり向《むこ》うを見て、狼狽《あわ》てて出て行《ゆ》き数寄屋橋《すきやばし》へ停車の先触《さきぶ》れをする。尾張町《おわりちよう》まで来ても回《かい》数券《すうけん》を持って来ぬので、今度は老婆《ろうば》の代《かわ》りに心配しだしたのは此《こ》の手代《てだい》で。然《しか》しさすがに声はかけず、鋭い眼付《めつき》で瞬《また》き一ッせず車掌《しやしよう》の姿《すがた》に注目していた。車の硝子窓《がらすまど》から、印度《いんど》や南清《なんしん》の殖民地《しよくみんち》で見るような質素《しつそ》な実利的な西洋館が街《まち》の両側に続いて見え出した。車の音《おと》が俄《にわ》かに激《はげ》しい。調子《ちようし》の合わない楽隊《がくたい》が再び聞《きこ》える。乃《すなわ》ち銀座の大《おお》通《どおり》を横切《よこぎ》るのである。乗客の中には三人連《づれ》の草鞋《わらじ》ばき菅笠《すげがさ》の田舎《いなか》ものまで交《まじ》って、又《また》一層の大混雑《おおこんざつ》。後《うしろ》の降《お》り口の方《ほう》には乗客が息もつけない程《ほど》に押合《おしあ》い今にも撲《なぐ》り合いの喧嘩《けんか》でも始めそうに云《い》い罵《ののし》っている。

「込み合いますから、どうぞお二側《ふたがわ》に願います。」

釣革《つりがわ》をば一ッ残らずいろいろの手が引張《ひつぱ》っている。指環《ゆびわ》の輝くやさしい白い手の隣《とな》りには馬蹄《ひづめ》のように厚い母指《おやゆび》の爪《つめ》が聳《そび》えている。垢《あか》だらけの綿《めん》ネルシャツの袖口《そでぐち》は金ボタンのカフスと相接《あいせつ》した。乗換切符《のりかえきつぷ》の要求、田舎《いなか》ものの狼狽《ろうばい》。車の中は頭痛のするほど騒《さわが》しい中に、いつか下町の優《やさ》しい女の話声《はなしごえ》も交《まじ》るようになった。

木挽町《こびきちよう》の河岸《かし》へ止《とま》った時、混雑にまぎれて乗り逃げしかけたものがあるとか云《い》うので、車掌《しやしよう》が向《むこ》うの露地口《ろじぐち》まで、中折帽《なかおれぼう》に提革包《さげかばん》の男を追いかけて行《い》った。後《あと》からつづいて停車した電車の車掌《しやしよう》までが加勢《かせい》に出かけて、往来際《おうらいぎわ》には直様物見高《すぐさまものみだか》い見物人が寄り集った。

車の中から席を去って出口《でぐち》まで見に行《ゆ》くものもある。「けちけちするない――早く出さねえか――正直に銭《ぜに》を払ってる此輩《こちとら》アいい迷惑《めいわく》だ。」と叫《さけ》ぶものもある。

不時《ふじ》の停車を幸いに、後《おく》れ走《ば》せにかけつけた二三人が、あわてて乗込《のりこ》んだ。その最後の一人は、一時《じ》に車中の目を引いた程《ほど》の美人で、赤いてがらをかけた年は二十二三の丸髷《まるまげ》である。オリブ色の吾妻《あづま》コオトの袂《たもと》のふりから二枚重《にまいがさね》の紅裏《もみうら》を揃《そろ》わせ、片手に進物《しんもつ》の菓子折《かしおり》ででもあるらしい絞《しぼ》りの福紗包《ふくさづつみ》を持ち、出口に近い釣革《つりかわ》へつかまると、其《そ》の下の腰掛《こしかけ》から、

「あら、よし子さんじゃ在《い》らッしゃいませんか。」と同じ年頃《としごろ》、同じような風俗《みなり》の同じような丸髷《まるまげ》が声をかけた。

「あら、まア……。」と立っている丸髷《まるまげ》はいかにも此《こ》の奇遇《きぐう》に驚《おどろ》いたらしく言葉をきる。

「五年ぶり……もっとになるかも知れませんわね。よし子さん。」

「ほんとに……あの、藤村《ふじむら》さんの御宅《おたく》で校友会のあったあの時お目にかかったきりでしたねえ。」

電車がやっと動き始めた。

「よし子さん、おかけ遊ばせよ、かかりますよ。」と下なる丸髷《まるまげ》は、かなりに窮屈《きゆうくつ》らしく詰まっている腰掛《こしかけ》をグット左の方《ほう》へ押しつめた。

押詰《おしつ》められて、じじむさい襟巻《えりまき》した金貸《かねかし》らしい爺《おやじ》が不満らしく横目《よこめ》に睨《にら》みかえしたが、真白《まつしろ》な女の襟元《えりもと》に、文句《もんく》は云《い》えず、押し敷《し》かれた古臭《ふるくさ》い二重廻《にじゆうまわ》しの翼《はね》を、だいじそうに引取《ひきと》りながら、順送《じゆんおく》りに席を居《い》ざった。赤いてがらは腰《こし》をかけ、両袖《りようそで》と福紗包《ふくさづつみ》を膝《ひざ》の上にのせて、

「校友会はどうしちまったんでしょう、この頃《ごろ》はさっぱり会費も取りに来ないんですよ。」

「藤村《ふじむら》さんも、おいそがしいんですよ、きっと。何《なに》しろ、あれだけのお店ですからね。」

「お宅《たく》さまでは皆さまおかわりも……。」

「は、ありがとう。」

「どちらまで行《い》らッしゃいますの、私はもう、すぐそこで下《お》りますの。」

「新富町《しんとみちょう》ですか。わたくしは………。」

云《い》いかけた処《ところ》へ車掌《しゃしょう》が順送《じゅんおく》りに賃銭《ちんせん》を取りに来た。赤いてがらの細君《さいくん》は帯の間《あいだ》から塩瀬《しおぜ》の小《ちい》さい紙入《かみいれ》を出して、あざやかな発音で静《しず》かに、

「のりかえ、ふかがわ。」

「茅場町《かやばちょう》でおのりかえ。」と車掌《しゃしょう》が地方訛《いなかなま》りで蛇足《だそく》を加えた。

真直《まっすぐ》な往来の両側には、意気な格子戸《こうしど》、板塀《いたべい》つづき、磨《すり》がらすの軒燈《けんとう》さてはまた霜《しも》よけした松《まつ》の枝越《えだご》し、二階の欄干《てすり》に黄《き》八丈《じょう》に手拭地《てぬぐいじ》の浴衣《ゆかた》をかさねた褞袍《どてら》を干《ほ》した家もある。行書《ぎょうしょ》で太く書いた「鳥《とり》」「蒲焼《かばやき》」などの行燈《あんどん》があちらこちらに見える。忽《たちま》ち左右がぱッと明《あか》く開けて電車は一条《じょう》の橋へと登りかけた。

左の方《ほう》に同じような木造《きづくり》の橋が浮いている。見下《みお》ろすと河岸《かし》の石垣《いしがき》は直線に伸びてやがて正しい角度に曲《まが》っている。池かと思う程《ほど》静止した堀割《ほりわり》の水は河岸通《かしどおり》に続く格子戸《こうしど》づくりの二階家《や》から、正面に見える古風《こふう》な忍返《しのびがえし》をつけた黒板塀《くろいたべい》の影までをはっきり映している。丁度《ちょうど》汐時《しおどき》であろう。泊《とま》っている荷舟《にぶね》の苫屋根《とまやね》が往来《おうらい》よりも高く持上《もちあが》って、物《もの》を煮《に》る青い煙《けむり》が風のない空中《くうちゅう》へと真直《まっすぐ》に立昇《たちのぼ》っている。鯉口半纏《こいぐちはんてん》に向鉢巻《むこうはちまき》の女房《にょうぼう》

が舩《ふなばた》から子供のおかわを洗っている。橋の向角《むこうかど》には「かしぶね」とした真白《まっしろ》な新しい行燈《あんどう》と葭簀《よしず》を片寄《かたよ》せた店先《みさせき》の障子《しょうじ》が見え、石垣《いしがき》の下には舟板《ふないた》を一枚残らず綺麗《きれい》に組み並《なら》べた釣舟《つりぶね》が四五艘《そう》浮いている。人通りは殆《ほとん》どない、もう四時過ぎたかも知れない。傾いた日輪《にちりん》をば眩《まぶ》しくもなく正面《まとも》に見詰《みつ》める事が出来《でき》る。此《こ》の黄味《きいろみ》の強い赤い夕陽《ゆうひ》の光に照りつけられて、見渡《みわた》す人家《じんか》、堀割《ほりわり》、石垣《いしがき》、凡《すべ》ての物《もの》の側面は、その角度を鋭く鮮明にしては居《い》たが、然《しか》し日本の空気の是非《ぜひ》なさは遠近《えんきん》を区別すべき些少《さしょう》の濃淡《のうたん》をもつけないので、堀割《ほりわり》の眺望《ながめ》はさながら旧式の芝居《しばい》の平《ひら》たい書割《かきわり》としか思われない。それが今、自分の眼には却って一層適切《てきせつ》に、黙阿弥《もくあみ》、小団次《こだんじ》、菊五郎《きくごろう》、等《とう》の舞台をば、遺憾《いかん》なく思い返させた。あの貸舟《かしぶね》、格子戸《こうしど》づくり、忍返《しのびがえ》し………。折《おり》もよく海鼠壁《なまこかべ》の芝居小屋《しばいごや》を過ぎる。然《しか》るに車掌《しゃしょう》が何事《なにごと》ぞ、

「スントミ町。」と発音した。

丸髷《まるまげ》の一人《ひとり》は席を立って、「それじゃ、御免《ごめん》ください、どうぞお宅《たく》へよろしく。」

「ちッと、おひまの時いらしッて下《くだ》さい。さよなら。」

電車は桜橋《さくらばし》を渡った。堀割《ほりわり》は以前のよりもずッと広く、荷船《にぶね》の往来《ゆきき》も忙《いそが》しく見えたが、道路は建て込んだ小家《こいえ》と小売店《こうりみせ》の松かざりに、築地《つきじ》の通りよりも狭《せま》く貧しげに

見え、人が何《なん》と云《い》う事もなく入り乱れて、ぞろぞろ歩いて居《い》る。坂本公園前に停車すると、それなり如何程《いかほど》待って居《い》ても更《さら》に出発する様子《ようす》はない。後《あと》にも先《さき》にも電車が止《とま》っている。運転手も車掌《しゃしょう》もいつの間《ま》にやら何処《どこ》へか行ってしまった。

「又喰《またくら》ったんだ。停電にちげえねえ。」

糸織《いとおり》の羽織《はおり》に雪駄《せった》ばきの商人が獺虎《らっこ》の襟巻《えりまき》した赧《あか》ら顔《がお》の連れなる爺《じじい》を顧《かえり》みた。萌黄《もえぎ》の小包《こづつみ》を首にかけた小僧《こぞう》が逸早《いちはや》く飛出《とびだ》して、「やア、電車の行列だ。先の見えねえほど続いてらア。」と叫《さけ》ぶ。

車掌《しゃしょう》が革包《かばん》を小脇《こわき》に押《おさ》えながら、帽子《ぼうし》を阿弥陀《あみだ》に汗をふきふき駈《か》け戻《もど》って来て、

「お気の毒様《さま》ですがお乗りかえの方《かた》はお降《お》りを願います。」

声《こえ》を聞くと共に乗客の大半《たいはん》は一度に席を立った。其《そ》の中には唇《くちびる》を尖《とが》らして、「どうしたんだ。余程《よっぽど》ひまが掛《かか》るのか。」

「相済《あいす》みません、この通りで御在《ござ》います。茅場町《かやばちょう》までつづいて居《お》りますから……。」

菓子折《かしおり》らしい福紗包《ふくさづつみ》を携《たずさ》えた彼《か》の丸髷《まるまげ》の美人が車を下《お》りた最後の乗客であった。

二

自分は既《すで》に述べたよう何処《どこ》へも行《ゆ》く当《あ》てはない。大勢《おおぜい》が下車する其《そ》の場の騒《さわ》ぎに引《ひき》入《い》れられて何心《なにごころ》もなく席を立ったが、すると車掌《しゃしょう》は自分が要求もせぬのに深川行《ふかがわゆき》の乗換切符《のりかえきっぷ》を渡してくれた。

人家《じんか》の屋根《やね》に日を遮《さえぎ》られた往来《おうらい》には海老色《えびいろ》に塗《ぬ》り立てた電車が二三町も長く続いている。茅場町《かやばちょう》の通りから斜《なな》めにさし込んで来る日光《ひかげ》で、向角《むこうかど》に高く低く不揃《ふぞろい》に立っている幾棟《いくむね》の西洋造《づく》りが、屋根《やね》と窓ばかりで何《なに》一ッ彫刻《ちょうこく》の装飾《そうしょく》をも施《ほどこ》さぬ結果であろう。如何《いか》にも貧相《ひんそう》に厚みも重みもない物置《ものおき》小屋のように見えた。往来《おうらい》の上に縦横《じゅうおう》の網目《あみめ》を張って居《い》る電線が透明《とうめい》な冬の空の眺望《ちょうぼう》を目まぐるしく妨《さまた》げている。昨日《きのう》あたり山から伐出《きりだ》して来たと云《い》わぬばかりの生々《なまなま》しい丸太《まるた》の電柱が、どうかすると向《むこ》うの見えぬ程遠慮会釈《ほどえんりょえしゃく》もなく突立《つった》っている。其《そ》の上に意匠《いしょう》の技術を無視した色のわるいペンキ塗《ぬり》の広告がベタベタ貼《は》ってある。竹の葉の汚《きたな》らしく枯《か》れた松飾《まつかざ》りの間《あいだ》からは、家の軒毎《のきごと》に各自勝手《かくじかって》の幟《のぼり》や旗が出してあるのが、いずれも紫《むらさき》とか赤とか云《い》う極《きわ》めて単純な色ばかりを択《えら》んでいる。

自分は憤然《ふんぜん》として昔《むかし》の深川《ふかがわ》を思返《おもいかえ》した。幸い乗換《のりかえ》の切符《きっぷ》は手の中《うち》にある。自分は浅間《あさま》しい此《こ》の都会の中心から一飛《ひとと》びに深川《ふかがわ》へ行《ゆ》こう――深川《ふかがわ》へ逃げて行《ゆ》こうと云《い》う押《おさ》えられぬ欲望に迫《せ》められた。

数年前まで、自分が日本を去るまで、水の深川《ふかがわ》は久しい間《あいだ》、あらゆる自分の趣味、恍惚《こうこつ》、悲しみ、悦《よろこ》びの感激を満足させてくれた処《ところ》であった。電車はまだ布設《ふせつ》されていなかったが既《すで》に其《そ》の頃《ころ》から、東京市街《しがい》の美観は散々《さんざん》に破壊《はかい》されていた中で、河《かわ》を越した彼《か》の場末《ばすえ》の一画《かく》ばかりがわずかに淋《さび》しく悲しい裏町《うらまち》の眺望《ながめ》の中《うち》に、衰残《すいざん》と零落《れいらく》との云尽《いいつく》し得ぬ純粋一致調和《ちょうわ》の美を味《あじ》わして呉《く》れたのである。

其《そ》の頃《ころ》、繁華《はんか》な市中《しちゅう》から此《こ》の深川《ふかがわ》へ来るには電車の便はなし、人力車は賃銭《ちんせん》の高いばかりか何年間とも知れず永代橋《えいたいばし》の橋普請《はしぶしん》で、近所の往来《おうらい》は竹矢来《たけやらい》で狭《せば》められ、小石や砂利《じゃり》で車の通れぬ程《ほど》荒らされていた処《ところ》から、誰《た》れも彼れも、皆汐溜《みなしおどめ》から出て三十間《けん》堀《ぼり》の堀割《ほりわり》を通って来る小さな石油の蒸汽船《じょうきせん》、もしくは、南八丁堀《はっちょうぼり》の河岸縁《かしぶち》に、「出ますよ出ますよ」と呼びながら一向《こう》出発せずに豆腐屋《とうふや》のような鈴ばかり鳴《なら》し立てている櫓舟《ろぶね》に乗り、石川島《いしかわじま》を向《むこ》うに望んで越前堀《えちぜんぼり》に添い、やがて、引汐上汐《ひきしおあげしお》の波にゆられながら、印度洋《いんどよう》でも横断するようにやっとの事で永代橋《えいたいばし》の河下《かわしも》を横ぎり、越中島《えっちゅうじま》から蛤町《はまぐりちょう》の堀割《ほりわり》に這入《はい》るのであった。不動様《ふどうさま》のお三日《さんにち》と云《い》う午過《ひるす》ぎなぞ参詣戻《さんけいもど》りの人々が筑波根《つくばね》、繭玉《まゆだま》、成田山の提灯《ちょうちん》、泥細工《つちざいく》の住吉踊《すみよしおどり》の人形なぞ、さまざまな玩具《おもちゃ》を手にさげた其《そ》の中には根下《ねさが》りの銀杏返《いちょうがえ》しや印半纏《しるしばんてん》の頭《かしら》なども交《まじ》っていて、幾艘《いくそう》の早舟《はやぶね》は櫓《ろ》の音を揃《そろ》え、碇泊《ていはく》した荷舟《にぶね》の間《あいだ》をば声を掛《か》け合い、静《しずか》な潮《うしお》に従って流れて行《ゆ》く。水にうつる人々の衣服や玩具《おもちゃ》や提灯《ちょうちん》の色、それをば諸車止《しょしゃどめ》と高札《こうさつ》打ったる朽《く》ちた木の橋から欄干《らんかん》に凭《もた》れて眺《なが》め送る心地《ここち》の如何《いか》に絵画的であったろう。

夏中洲崎《なつじゆうすさき》の遊廓《ゆうかく》に、燈籠《とうろう》の催《もよお》しのあった時分《じぶん》、夜おそく舟で通《かよ》った景色《けしき》をも、自分は一生忘れまい。苫《とま》のかげから漏《も》れる鈍《にぶ》い火影《ほかげ》が、酒に酔《よ》って喧嘩《けんか》している裸体《はだか》の船頭《せんどう》を照《てら》す。川添《ぞ》いの小家《こいえ》の裏窓から、いやらしい姿《すがた》をした女が、文身《ほりもの》した裸体《はだか》の男と酒を呑《の》んでいるのが見える。水門の忍返《しのびがえ》しから老木《おいき》の松《まつ》が水の上に枝を延《のば》した庭構《にわがま》え、燈影《ほかげ》しずかな料理屋の二階から芸者の歌う唄《うた》が聞《きこ》える。月が出る。倉庫の屋根《やね》のかげになって、片側は真暗《まつくら》な河岸縁《かしぶち》を新内《しんない》のながしが通る。水の光で明《あか》く見える板橋の上を提灯《ちょうちん》つけた車が走る。それ等《ら》の景色《けしき》をば云《い》い知れず美しく悲しく感じて、満腔《まんこう》の詩情を托《たく》した其頃《そのころ》の自分は若いものであった。煩悶《はんもん》を知らなかった。江戸趣味の恍惚《こうこつ》のみに満足して、心は実《じつ》に平和であった。硯友社《けんゆうしゃ》の芸術を立派《りっぱ》なもの、新しいものだと思っていた。近松《ちかまつ》や西鶴《さいかく》が残した文章で、如何《いか》なる感情の激動《げきどう》をも云尽《いいつく》し得《う》るものと安心していた。音波の動揺《どうよう》、色彩《しきさい》の濃淡《のうたん》、空気の軽重《けいちょう》、そんな事は少しも自分の神経を刺戟《しげき》しなかった。そんな事は芸術の範囲に入《い》るべきものとは少《すこ》しも予想しなかった。日本は永久自分の住む処《ところ》、日本語は永久自分の感情を自由に云《い》い現《あらわ》して呉《く》れるものだと信じて疑わなかった。

自分は今、髯《ひげ》をはやし、洋服を着ている。電気鉄道に乗って、鉄で出来《でき》た永代橋《えいたいばし》を渡るのだ。時代の激変をどうして感ぜずにいられよう。

夕陽《ゆうひ》は荷舟《にぶね》や檣《ほばしら》の輻輳《ふくそう》している越前堀《えちぜんぼり》からずっと遠くの方《ほう》をば、眩《まぶ》しく烟《けむり》のように曇《くも》らしている。影のように黒く立つ石川島《いしかわじま》の前側《まえがわ》に、いつも幾艘《いくそう》となく碇泊《ていはく》して居《い》る帆前船《ほまえせん》の横腹《よこはら》は、赤々《あかあか》と日の光に彩《いろど》られた。橋の下から湧《わ》き昇《のぼ》る石炭の煙《けむり》が、時々は先《さき》の見えぬ程《ほど》、橋の上に立ち迷う。これだけは以前に変らぬ眺《なが》めであったが、自分の眼は忽《たちま》ち佃島《つくだじま》の彼方《かなた》から深川《ふかがわ》へとかけられた一条《ひとすじ》の長い橋の姿《すがた》に驚《おどろ》かされた。堤《つつみ》の上の小さい松の並木《なみき》、橋の上の人影《ひとかげ》までが、はっきり絵のように見える。自分は永《えい》代橋《たいばし》の向岸《むこうぎし》で電車を下《お》りた。其《そ》の頃《ころ》は殆《ほとん》ど門並《かどな》みに知っていた深川《ふかがわ》の大通《おおどお》り。角《かど》の蛤屋《はまぐりや》には意気な女房《にょうぼう》がいた。名物《めいぶつ》の煎餅屋《せんべいや》の娘はどうしたか知ら。一時跡方《じあとかた》もなく消失《きえう》せてしまった二十歳時分《はたちじぶん》の記憶を呼び返そうと、自分はきょろきょろしながら歩く。

無論《むろん》それらしい娘も女房《にょうぼう》も今は見当《みあ》てられよう筈《はず》はない。然《しか》し深川《ふかがわ》の大通《おおどお》りは相変《あいかわ》らず日あたりが悪く、妙《みょう》に此《こ》の土地ばかり薄寒《うすさむ》いような気がして、市中《しちゅう》は風もなかったのに、此処《ここ》では松《まつ》かざりの竹の葉がざわざわ云《い》って動いている。よく見覚《みおぼ》えのある深川座《ふかがわざ》の幟《のぼり》がたった一本淋《さび》し気《げ》に、昔《むかし》の通り、横町《よこちょう》の曲角《まがりかど》に立っていたので、自分は道路の新しく取広《とりひろ》げられたのをも殆《ほとん》ど気付《きづ》かず、心は全《まった》く十年前《ぜん》のなつかしい昔《むかし》に立返《たちかえ》る事が出来《でき》た。

つい名を忘れてしまった。思い出せない――一条《いちじょう》の板橋《いたばし》を渡ると、やがて左へ曲《まが》る横町《よこちょう》に幟《のぼり》の如《ごと》く釣《つる》した幾筋《いくすじ》の手拭《てぬぐい》が見える。紺と黒と柿色《かきいろ》の配合《はいごう》が、全体に色のない場末《ばすえ》の町とて殊更《ことさら》強く人目《じんもく》を牽《ひ》く。自分は深川《ふかがわ》に名高《なだか》い不動《ふどう》の社《やしろ》であると、直様《すぐさま》思返《おもいかえ》してその方《ほう》へ曲《まが》った。

細い溝《みぞ》にかかった石橋《いしばし》を前にして、「内陣《ないじん》、新吉原講《こう》」と金字《きんじ》で書いた鉄門《てつもん》をはいると、真直《まつすぐ》な敷石道《しきいしみち》の左右に並ぶ休茶屋《やすみぢやや》の暖簾《のれん》と、奉納《ほうのう》の手拭《てぬぐい》が目覚《めさ》めるばかり連続《つなが》って、その奥深く石段《いしだん》を上《のぼ》った小高《こだか》い処《ところ》に、本殿《ほんでん》の屋根《やね》が夕日《ゆうひ》を受けながら黒く聳《そび》えて居《い》る。参詣《さんけい》の人が二人《ふたり》三人と絶えず上《あが》り降《お》りする石段《いしだん》の下には易者《えきしゃ》の机や、筑《つく》波根《ばね》売りの露店《ほしみせ》が二三軒《けん》出ていた。其《そ》のそばに児守《こもり》や子供や人が大勢立止《おおぜいたちどま》っているので、何《なに》かと近《ちかづ》いて見ると、坊主頭《ぼうずあたま》の老人が木魚《もくぎょ》を叩《たた》いて阿呆陀羅経《あほだらきょう》をやっているのであった。阿呆陀羅経《あほだらきょう》のとなりには塵埃《ほこり》で灰色になった頭髪《かみのけ》をぼうぼう生《はや》した盲目《めくら》の男が、三味線《しゃみせん》を抱《かか》えて小さく身をかがめながら蹲踞《しゃが》んでいた。阿呆陀羅経《あほだらきょう》を聞き飽《あ》きた参詣戻《さんけいもど》りの人達が三人四人立止《たちどま》る砂利《じゃり》の上の足音を聞分《ききわ》けて、盲目《めくら》の男は懐中《ふところ》に入れた樫《かし》のばちを取り出し、鳥渡《ちょっと》調子《ちょうし》をしらべる三の糸から直《す》ぐチントンシャンと弾《はじ》き出して、低い呂《リョ》の声《こえ》を咽喉《のど》へと呑《の》み込んで、

あきイ———の夜《よ》———ウ

と長く引張《ひっぱ》ったところで、つく息と共に汚《きたな》い白眼《しろめ》をきょろりとさせ、仰向《あおむ》ける顔と共に首を斜《なな》めに振りながら、

夜《よ》は———ア

と歌った。声《こえ》は枯《か》れている。三味線《しゃみせん》の一の糸には少《すこ》しのさわりもない。けれども、歌《うた》い出《いだ》しの「秋———」と云《い》う節廻《ふしまわ》しから拍子《ひょうし》の間取《まど》りが、山の手の芸者などには到底《とうてい》聞

く事の出来《でき》ぬ正確《たしか》な歌沢節《うたざわぶし》であった。自分はなつかしいばかりで無い、非常な尊敬の念を感じて、男の顔をば何《な》んと云《い》う事もなくしげしげ眺《なが》めた。

　さして年老《としと》っていると云《い》うでもない。無論《むろん》明治になってから生れた人であろう。自分は何《なん》の理由もなく、かの男は生れついての盲目《めくら》ではないような気がした。小学校で地理とか数学とか、事によったら、以前の小学制度で、高等科に英語の初歩位《しょほぐらい》学んだ事がありはしまいか。けれども、江戸伝来《でんらい》の趣味性は九州の足軽風情《あしがるふぜい》が経営した俗《ぞく》悪蕪雑《あくぶざつ》な「明治」と一致する事が出来《でき》ず、家産を失うと共に盲目《めくら》になった。そして栄《えい》華《が》の昔には洒落《しゃれ》半分の理想であった芸に身を助けられる哀《あわ》れな境遇《きょうぐう》に落ちたのであろう。その昔、芝居茶屋《しばいぢゃや》の混雑、お浚《さら》いの座敷《ざしき》の緋毛氈《ひもうせん》、祭礼の万燈花笠《まんどうはながさ》に酔《よ》った其《そ》の眼は永久に光を失ったばかりに、却《かえっ》て浅間《あさま》しい電車や電線や薄ッぺらな西洋づくりを打仰《うちあお》ぐ不幸を知らない。よし又《また》、知ったにしても、こう云《い》う江戸ッ児は吾等《われら》近代の人の如《ごと》く熱烈な嫌悪憤怒《けんおふんぬ》を感じまい。我れながら解《かい》せられぬ煩悶《はんもん》に苦しむような執《しゅう》着《じゃく》を持っていまい。江戸の人は早く諦《あきら》めをつけてしまう。すぐと自分で自分を冷笑《れいしょう》する特徴《とくちょう》をそなえて居《い》るから。

　高い三の糸が頻《しき》りに響《ひび》く。おとするものは——アと歌って、盲人《もうじん》は首をひょいと

前につき出し顔をしかめて、

鐘《かね》——エエばアかり——

と云《い》う一番高い節廻《ふしまわし》をば枯《か》れた自分の咽喉《のど》をよく承知して、巧《たくみ》に裏声《うらごえ》を使って逃げてしまった。

夕日《ゆうひ》が左手の梅林《うめばやし》から流れて盲人《もうじん》の横顔《よこがお》を照《てら》す。しゃがんだ哀《あわ》れな影が如何《いか》にも薄く後《うしろ》の石垣《いしがき》にうつっている。石垣《いしがき》を築いた石の一片毎《ぺんごと》に、奉納《ほうのう》した人の名前が赤い字で彫《ほ》りつけてある。芸者、芸人、鳶者《とびのもの》、芝居《しばい》の出方《でかた》、博奕打《ばくちうち》、皆《みな》近世に関係のない名ばかりである。

自分はふと後《うしろ》を振向《ふりむ》いた。梅林《うめばやし》の奥、公園外《そと》の低い人家《じんか》の屋根《やね》を越して西の大空《おおぞら》一帯に濃《こ》い紺色《こんいろ》の夕雲《ゆうぐも》が物すごい壁のように棚曳《たなび》き、沈む夕日《ゆうひ》は生血《なまち》の滴《したた》る如《ごと》く其《そ》の間《あいだ》に燃えている。真赤《まっか》な色は驚《おどろ》くほど濃《こ》いが、光は弱く鈍《にぶ》り衰《おとろ》えている。自分は突然《とつぜん》一種悲壮《ひそう》な感に打たれた。あの夕日《ゆうひ》の沈むところは早稲田《わせだ》の森であろうか。本郷《ほんごう》の岡であろうか。自分の身は今如何《いか》に遠く、東洋のカルチィエ・ラタンから離れているであろう。盲人《もうじん》は一曲終《おわ》ってすぐさま、

「更《ふ》けて逢《あ》う夜《よ》の気苦労《きぐろう》は——」と歌いつづける。

自分はいつまでも、いつまでも、暮行《くれゆ》くこの深川《ふかがわ》の夕日《ゆうひ》を浴び、迷信の霊境《れいきよう》なる本堂の石垣《いしがき》の下に佇《たたず》んで、歌沢《うたざわ》の端唄《はうた》を聴《き》いていたいと思った。永代橋《えいたいばし》を渡って帰って行《ゆ》くのが堪《た》えられぬほど辛《つら》く思われた。いっそ、明治が生んだ江戸追慕《ついぼ》の詩人斎藤《さいとう》緑雨《りよくう》の如《ごと》く滅《ほろ》びてしまいたい様《よう》な気がした。

ああ、然《しか》し、自分は遂《つい》に帰らねばなるまい。それが自分の運命だ、河《かわ》を隔《へだ》て堀割《ほりわり》を越え坂を上《あが》って遠く行《ゆ》く、大久保の森のかげ、自分の書斎の机《つくえ》にはワグナアの画像の下にニイチェの詩ザラツストラの一巻が開かれたままに自分を待っている……

鉄道詩集 1

夜汽車

萩原朔太郎

有明《ありあけ》のうすらあかりは
硝子戸《がらすど》に指のあとつめたく
ほの白みゆく山の端《は》は
みづがねのごとくにしめやかなれども
まだ旅びとのねむりさめやらねば
つかれたる電燈のためいきばかりこちたしや。
あまたるきにすのにほひも
そこはかとなきはまきたばこの烟さへ

夜汽車にてあれたる舌には侘《わび》しきを
いかばかり人妻は身にひきつめて嘆くらむ。
まだ山科《やましな》は過ぎずや
空気まくらの口金《くちがね》をゆるめて
そつと息をぬいてみる女ごころ
ふと二人かなしさに身をすりよせ
しののめちかき汽車の窓より外をながむれば
ところもしらぬ山里に
さも白く咲きてゐたるをだまきの花。

新前橋駅

萩原朔太郎

野に新しき停車場は建てられたり
便所の扉《とびら》風にふかれ
ペンキの匂ひ草いきれの中に強しや。
烈々たる日かな
われこの停車場に来りて口の乾きにたへず
いづこに氷を喰《は》まむとして売る店を見ず
ばうばうたる麦の遠きに連なりながれたり。
いかなればわれの望めるものはあらざるか

憂愁の暦は酢《す》え
心はげしき苦痛にたへずして旅に出でんとす。
ああこの古びたる鞄をさげてよろめけども
われは瘠犬《やせいぬ》のごとくして憫《あは》れむ人もあらじや。
いま日は構外の野景に高く
農夫らの鋤《すき》に蒲公英の茎は刈られ倒されたり。
われひとり寂しき歩廊《ほうむ》の上に立てば
ああはるかなる所よりして
かの海のごとく轟《とど》ろき　感情の軋《きし》りつつ来るを知れり。

岩手軽便鉄道　七月（ジャズ）

〔一九二五、七、一九、〕

宮沢賢治

ぎざぎざの斑糲岩の岨づたひ
膠質のつめたい波をながす
北上第七支流の岸を
せはしく顫へたびたびひどくはねあがり
まっしぐらに西の野原に奔けおりる
岩手軽便鉄道の
今日の終りの列車である
ことさらにまぶしさうな眼つきをして

夏らしいラヴスィンをつくらうが
うつうつとしてイリドスミンの鉱床などを考へようが
木影もすべり
種山あたり雷の微塵をかがやかし
列車はごうごう走ってゆく
おほまつよひぐさの群落や
イリスの青い火のなかを
狂気のやうに踊りながら
第三紀末の紅い巨礫層の截り割りでも
ディアラヂットの崖みちでも
一つや二つ岩が線路にこぼれてようと
積雲が灼けようと崩れようと
こちらは全線の終列車
シグナルもタブレットもあったもんでなく
とび乗りのできないやつは乗せないし

とび降りぐらゐやれないものは
もうどこまででも連れて行って
北極あたりの大避暑市でおろしたり
銀河の発電所や西のちぢれた鉛の雲の鉱山あたり
ふしぎな仕事に案内したり
谷間の風も白い火花もごっちゃごちゃ
接吻《キス》をしようと詐欺をやらうと
ごとごとぶるぶるゆれて顫へる窓の玻璃《ガラス》
二町五町の山ばたも
壊れかかった香魚《あゆ》やなも
どんどんうしろへ飛ばしてしまって
ただ一さんに野原をさしてかけおりる
　　本社の西行各列車は
　運行敢て軌によらざれば
振動けだし常ならず

されどまたよく欝血をもみさげ
……Prrrrr Pirr!……
心肝をもみほごすが故に
のぼせ性こり性の人に効あり
さうだやっぱりイリドスミンや白金鉱区《やま》の目論見は
鉱染よりは砂鉱の方でたてるのだった
それとももいちど阿原峠や江刺堺を洗ってみるか
いいやあっちは到底おれの根気の外だと考へようが
恋はやさし野べの花よ
一生わたくしかはりませんと
騎士の誓約強いベースで鳴りひびかうが
そいつもこいつもみんな地塊の夏の泡
いるかのやうに踊りながらはねあがりながら
もう積雲の焦げたトンネルも通り抜け
緑青を吐く松の林も

続々うしろへたたんでしまって
なほいっしんに野原をさしてかけおりる
わが親愛なる布佐機関手が運転する
岩手軽便鉄道の
最後の下り列車である

ワルツ第CZ号列車

宮沢賢治

空気がぬるみ沼には水百合の花が咲いた
むすめ達はみなつやつやかな黒髪をすべらかし
あたらしい紺のペッテイコートや
また春らしい水いろの上着
プラットホームの陸橋の所では
赤縞のずぼんをはいた老楽長が
そ〔ら〕こんな工合だといふ　ふうで
楽譜を読んできかせてゐるし

山脈はけむりになつてほのかに流れ
鳥は燕麦のたねのやうに
いくかたまりもいくかたまりも過ぎ
青い蛇はきれいなはねをひろげて
そらのひかりをとんで行く
ワルツ第CZ号列車は
まだ向ふのぷりぷり顫ふ地平線に
その白いかたちを見せてゐない。

風船と機関車

小野十三郎

隣りの庭をみつめてゐる
小春日和
池の中の金魚が光る
ひそやかな縁側に
いまゼンマヰ仕掛の機関車がスタートを切るところ
そして西洋花卉の中から
いつのまにか奇声をたてゝ
ふくらみはじめた風船がある

しだいに大きくなつてゆく球形に
きれぎれの物象がするどく光る
池も　花も　青空も
俺らしいちつぽけな顔も
暖日の無風帯である
つかれきつたぼくの眼一ぱいに
ふくらみきつた風船の赤のおそろしさ
指を切るゼンマキの強靭が身にせまる
陽の中の庭園にすら
見よ危険のせまつた情熱があるぢやないか

踏切《ふみきり》

金子みすゞ

踏切の小屋は大きな空の下。
小屋のおもてで爺《じい》さんは、
きょうの新聞よんでいる。

ながい、ながい、影《かげ》ぼうし、
裾《すそ》に嫁菜《よめな》の花が咲《さ》き、
胸《むね》のあたりで虫がなく。

踏切の柵《さく》はしィろい空のなか。
草の葉かげでこおろぎは、
昼の月見てないている。

ねんねの汽車

金子みすゞ

ねんねん寝《ね》る子は汽車に乗る、
ねんねの駅《えき》を汽車は出る。

汽車の通るは夢《ゆめ》のくに、
なんきん玉の地の上の、
赤い線路《せんろ》をひた走り。

月は明るし、雲は紅《べに》、

硝子《がらす》の塔《とう》のてっぺんに、
ちらりと白い星も出る。

みんなお窓《まど》に見て過《す》ぎて、
おめざの駅《えき》へ汽車は着《つ》く。

お夢のくにのお土産《みやげ》は、
誰《だれ》も持っては帰れない。
お夢のくにへゆくみちは、
ねんねの汽車が知るばかり。

仔牛《べえこ》

金子みすゞ

ひい、ふう、みい、よ、踏切《ふみきり》で、
みんなして貨車をかずえてた。
いつ、むう、ななつ、八つめの、
貨車に仔牛《べえこ》がのっていた。

売られてどこへゆくんだろ、
仔牛ばかしで乗っていた。

夕風つめたい踏切で、
皆《みんな》して貨車をみおくった。

晩《ばん》にゃどうしてねるんだろ、
母さん牛はいなかった。

どこへ仔牛《べえこ》はゆくんだろ、
ほんとにどこへゆくんだろ。

機関車

中野重治

彼は巨大《きよだい》な図体《ずうたい》を持ち
黒い千貫《せんがん》の重量を持つ
彼の身体《しんたい》の各部はことごとく測定されてあり
彼の導管と車輪と無数のねじとは隈《くま》なく磨《みが》かれてある
彼の動くとき
メートルの針は敏感《びんかん》に回転し
彼の走るとき
軌道《きどう》と枕木《まくらぎ》といつせいに震動《しんどう》する

シヤワツ　シヤワツ　という音を立てて彼のピストンの腕《うで》が
　動きはじめるとき
それが車輪をかきたてかきまわして行くとき
町と村々とをまつしぐらに駆《か》けぬけて行くのを見るとき
おれの心臓はとどろき
おれの両眼は泪《なみだ》ぐむ
真鍮《しんちゆう》の文字板《もじばん》をかかげ
赤いランプをさげ
つねに煙《けむり》をくぐつて千人の生活を運ぶもの
旗とシグナルとハンドルとによつて
かがやく軌道の上をまつたき統制のうちに驀進《ばくしん》するもの
その律儀者《りちぎもの》の大男のうしろ姿に
おれら今あつい手をあげる

雨の降る品川駅

中野重治

辛よ　さようなら
金よ　さようなら
君らは雨の降る品川駅から乗車する

李よ　さようなら
も一人の李よ　さようなら
君らは君らの父母《ちちはは》の国にかえる

君らの国の川はさむい冬に凍《こお》る
君らの叛逆《はんぎゃく》する心はわかれの一瞬《いっしゅん》に凍る

海は夕ぐれのなかに海鳴りの声をたかめる
鳩《はと》は雨にぬれて車庫の屋根からまいおりる

君らは雨にぬれて君らを追う日本天皇を思い出す
君らは雨にぬれて　髭　眼鏡　猫脊の彼を思い出す

ふりしぶく雨のなかに緑のシグナルはあがる
ふりしぶく雨のなかに君らの瞳《ひとみ》はとがる

雨は敷石《しきいし》にそそぎ暗い海面におちかかる
雨は君らの熱い頬《ほお》にきえる

君らのくろい影《かげ》は改札口《かいさつぐち》をよぎる
君らの白いモスソは歩廊《ほろう》の闇《やみ》にひるがえる

シグナルは色をかえる
君らは乗りこむ

君らは出発する
君らは去る

さようなら　辛
さようなら　金
さようなら　李
さようなら　女の李

行つてあのかたい　厚い　なめらかな氷をたたきわれ

ながく堰《せ》かれていた水をしてほとばしらしめよ
日本プロレタリアートのうしろ盾《だて》まえ盾
さようなら
報復の歓喜に泣きわらう日まで

トロッコ

芥川龍之介

小田原熱海《あたみ》間に、軽便鉄道敷設《ふせつ》の工事が始まったのは、良平の八つの年だった。良平は毎日村外《むらはず》れへ、その工事を見物に行った。工事を——といったところが、ただトロッコで土を運搬《うんぱん》する——それが面白さに見に行ったのである。

トロッコの上には土工が二人、土を積んだ後《うしろ》に佇《たたず》んでいる。トロッコは山を下《くだ》るのだから、人手を借りずに走って来る。煽《あお》るように車台が動いたり、土工の袢纏《はんてん》の裾《すそ》がひらついたり、細い線路がしなったり——良平はそんなけしきを眺《なが》めながら、土工になりたいと思う事がある。せめては一度でも土工と一しょに、トロッコへ乗りたいと思う事もある。トロッコは村外れの平地へ来ると、自然とそこに止まってしまう。と同時に土工たちは、身軽にトロッコを飛び降りるが早いか、その路線の終点へ車の土をぶちまける。それから今度はトロッコを押《お》し押し、もと来た山の方へ登り始める。良平はその時乗れないまでも、押す事さえ出来たらと思うのである。

ある夕方、——それは二月の初旬《しょじゅん》だった。良平は二つ下の弟や、弟と同じ年の隣《となり》の子供と、トロッコの置いてある村外れへ行った。トロッコは泥《どろ》だらけになったまま、薄明《うすあか》るい中に並んでいる。が、そのほかはどこを見ても、土工たちの姿は見えなかった。三人の子供は恐《おそ》る恐る、一番端にあるトロッコを押した。トロッコは三人の力が揃《そろ》うと、突然《とつぜん》ごろりと車輪をまわした。良平はこの音にひやりとした。しかし二度目の車輪の音は、もう彼を驚《おどろ》かさなかった。ごろり、ごろり、――トロッコはそう云《い》う音と共に、三人の手に押されながら、そろそろ線路を登って行った。

その内にかれこれ十間ほど来ると、線路の勾配《こうばい》が急になり出した。トロッコも三人の力では、いくら押しても動かなくなった。どうかすれば車と一しょに、押し戻《もど》されそうにもなる事がある。良平はもう好《い》いと思ったから、年下の二人に合図《あいず》をした。

「さあ、乗ろう?」

彼等は一度に手をはなすと、トロッコの上へ飛び乗った。トロッコは最初おもむろに、それから見る見る勢いよく、一息に線路を下り出した。その途端《とたん》につき当りの風景は、たちまち両側へ分かれるように、ずんずん目の前へ展開して来る。――良平は顔に吹きつける日の暮《くれ》の風を感じながらほとんど有頂天《うちょうてん》になってしまった。

しかしトロッコは二三分の後、もうもとの終点に止まっていた。

「さあ、もう一度押すじゃあ。」

良平は年下の二人と一しょに、またトロッコを押し上げにかかった。が、まだ車輪も動かない内に、突然彼等の後には、誰《だれ》かの足音が聞え出した。のみならずそれは聞え出したと思うと、急にこう云う怒鳴《どな》り声に変った。

「この野郎！　誰に断《ことわ》ってトロッコに触《さわ》った？」

そこには古い印袢纏《しるしばんてん》に、季節外れの麦藁帽《むぎわらぼう》をかぶった、背の高い土工が佇んでいる。――そう云う姿が目にはいった時、良平は年下の二人と一しょに、もう五六間逃《に》げ出していた。――それぎり良平は使《つかい》の帰りに、人気《ひとけ》のない工事場のトロッコを見ても、二度と乗って見ようと思った事はない。ただその時の土工の姿は、今でも良平の頭のどこかに、はっきりした記憶《きおく》を残している。薄明りの中に仄《ほの》めいた、小さい黄色の麦藁帽、――しかしその記憶さえも、年ごとに色彩《しきさい》は薄れるらしい。

その後《のち》十日余りたってから、良平はまたたった一人、午《ひる》過ぎの工事場に佇みながら、トロッコの来るのを眺めていた。すると土を積んだトロッコのほかに、枕木《まくらぎ》を積んだトロッコが一輛《いちりよう》、これは本線になるはずの、太い線路を登って来た。このトロッコを押しているのは、二人とも若い男だった。良平は彼等を見た時から、何だか親しみ易《やす》いような気がした。「この人たちならば叱《しか》られない。」——彼はそう思いながら、トロッコの側へ駈《か》けて行った。

「おじさん。押してやろうか？」

その中の一人、——縞《しま》のシャツを着ている男は、俯向《うつむ》きにトロッコを押したまま、思った通り快い返事をした。

「おお、押してよう。」

良平は二人の間にはいると、力一杯押し始めた。

「われはなかなか力があるな。」

他《た》の一人、——耳に巻煙草《まきたばこ》を挟《はさ》んだ男も、こう良平を褒《ほ》めてくれた。

その内に線路の勾配は、だんだん楽になり始めた。「もう押さなくとも好《い》い。」——良平は今にも云われるかと内心気がかりでならなかった。が、若い二人の土工は、前よりも腰《こし》を起したぎり、黙々《もくもく》と車を押し続けていた。良平はとうとうこらえ切れずに、怯《お》ず怯《お》ずこんな事を尋《たず》ねて見た。

「いつまでも押していて好《い》い？」

「好《い》いとも。」

二人は同時に返事をした。良平は「優しい人たちだ。」と思った。

五六町余り押し続けたら、線路はもう一度急勾配になった。そこには両側の蜜柑《みかん》畑《ばたけ》に、黄色い実がいくつも日を受けている。

「登り路の方が好《い》い、いつまでも押させてくれるから。」――良平はそんな事を考えながら、全身でトロッコを押すようにした。

蜜柑畑の間を登りつめると、急に線路は下りになった。縞のシャツを着ている男は、良平に「やい、乗れ」と云った。良平は直《すぐ》に飛び乗った。トロッコは三人が乗り移ると同時に、蜜柑畑の匂《におい》を煽《あお》りながら、ひた辷《すべ》りに線路を走り出した。「押すよりも乗る方がずっと好《い》い。」――良平は羽織に風を孕《はら》ませながら、当り前の事を考えた。「行きに押す所が多ければ、帰りにまた乗る所が多い。」――そうもまた考えたりした。

竹藪《たけやぶ》のある所へ来ると、トロッコは静かに走るのを止《や》めた。三人はまた前のように、重いトロッコを押《お》し始めた。竹藪はいつか雑木林《ぞうきばやし》になった。爪先上《つまさきあが》りの所々には、赤錆《あかさび》の線路も見えないほど、落葉のたまっている場所もあった。その路をやっと登り切ったら、今度は高い崖《がけ》の向うに、広々と薄ら寒い海が開けた。と同時に良平の頭には、余り遠く来過ぎた事が、急にはっきりと感じられた。

三人はまたトロッコへ乗った。車は海を右にしながら、雑木の枝の下を走って行った。しかし良平はさっきのように、面白い気もちにはなれなかった。「もう帰ってくれれば好《い》い。」――彼はそうも念じて見た。が、行く所まで行きつかなければ、トロッコも彼等も帰れない事は、もちろん彼にもわかり切っていた。

その次に車の止まったのは、切崩《きりくず》した山を背負っている、藁屋根の茶店の前だった。二人の土工はその店へはいると、乳呑児《ちのみご》をおぶった上《かみ》さんを相手に、悠々《ゆうゆう》と茶などを飲み始めた。良平は独りいらいらしながら、トロッコのまわりをまわって見た。トロッコには頑丈《がんじょう》な車台の板に、跳《は》ねかえった泥《どろ》が乾《かわ》いていた。

しばらくの後《のち》茶店を出て来しなに、巻煙草を耳に挟んだ男は、(その時はもう挟んでいなかったが)トロッコの側にいる良平に新聞紙《しんぶんがみ》に包んだ駄菓子《だがし》をくれた。良平は冷淡《れいたん》に「有難《ありがと》う」と云った。が、直《すぐ》に冷淡にしては、相手にすまないと思い直した。彼はその冷淡さを取り繕《つくろ》うように、包み菓子の一つを口へ入れた。菓子には新聞紙にあったらしい、石油の匂《におい》がしみついていた。

三人はトロッコを押しながら緩《ゆる》い傾斜を登って行った。良平は車に手をかけていても、心はほかの事を考えていた。

その坂の向うへ下《お》り切ると、また同じような茶店があった。土工たちがその中へはいった後《あと》、良平はトロッコに腰をかけながら、帰る事ばかり気にしていた。茶店の前には花のさいた梅《うめ》に、西日の光が消えかかっている。「もう日が暮《く》れる。」——彼はそう考えると、ぼんやり腰かけてもいられなかった。トロッコの車輪を蹴《け》って見たり、一人では動かないのを承知しながらうんうんそれを押して見たり、——そんな事に気もちを紛《まぎ》らせていた。

ところが土工たちは出て来ると、車の上の枕木《まくらぎ》に手をかけながら、無造作《むぞうさ》に彼にこう云った。

「われはもう帰んな。おれたちは今日は向う泊《どま》りだから。」

「あんまり帰りが遅《おそ》くなるとわれの家《うち》でも心配するずら。」

良平は一瞬《いっしゅん》呆気《あっけ》にとられた。もうかれこれ暗くなる事、去年の暮母と岩村まで来たが、今日の途《みち》はその三四倍ある事、それを今からたった一人、歩いて帰らなければならない事、——そう云う事が一時にわかったのである。良平はほとんど泣きそうになった。が、泣いても仕方がないと思った。泣いている場合ではないとも思った。彼は若い二人の土工に、取って附《つ》けたような御時宜《おじぎ》をすると、どんどん線路伝いに走り出した。

良平はしばらく無我夢中《むがむちゅう》に線路の側を走り続けた。その内に懐《ふところ》の菓子包みが、邪《じゃ》魔《ま》になる事に気がついたから、それを路側《みちばた》へ抛《ほう》り出すついでに、板草履《いたぞうり》もそこへ脱ぎ捨ててしまった。すると薄い足袋《たび》の裏《うら》へじかに小石が食いこんだが、足だけは遥《はる》かに軽くなった。彼は左に海を感じながら、急な坂路を駈け登った。時々涙《なみだ》がこみ上げて来ると、自然に顔が歪《ゆが》んで来る。――それは無理に我慢《がまん》しても、鼻だけは絶えずくうくう鳴った。

竹藪の側を駈け抜けると、夕焼けのした日金山《ひがねやま》の空も、もう火照《ほて》りが消えかかっていた。良平はいよいよ気が気でなかった。往《ゆ》きと返《かえ》りと変るせいか、景色《けしき》の違うのも不安だった。すると今度は着物までも、汗《あせ》の濡《ぬ》れ通ったのが気になったから、やはり必死に駈け続けたなり、羽織を路側《みちばた》へ脱《ぬ》いで捨てた。

蜜柑畑へ来る頃《ころ》には、あたりは暗くなる一方だった。「命さえ助かれば――」良平はそう思いながら、辷《すべ》ってもつまずいても走って行った。

やっと遠い夕闇《ゆうやみ》の中に、村外《むらはず》れの工事場が見えた時、良平は一思いに泣きたくなった。しかしその時もべそはかいたが、とうとう泣かずに駈け続けた。

彼の村へはいって見ると、もう両側の家々には、電燈の光がさし合っていた。良平はその電燈の光に頭から汗の湯気《ゆげ》の立つのが、彼自身にもはっきりわかった。井戸端《いどばた》に水を汲《く》んでいる女衆《おんなしゅ》や、畑から帰って来る男衆《おとこしゅ》は、良平が喘《あえ》ぎ喘ぎ走るのを見ては、「おいどうしたね？」などと声をかけた。が、彼は無言のまま、雑貨屋だの床屋《とこや》だの、明るい家の前を走り過ぎた。

彼の家《うち》の門口《かどぐち》へ駈けこんだ時、良平はとうとう大声に、わっと泣き出さずにはいられなかった。その泣き声は彼の周囲《まわり》へ、一時に父や母を集まらせた。殊《こと》に母は何とか云いながら、良平の体を抱《かか》えるようにした。が、良平は手足をもがきながら、啜《すす》り上げ啜り上げ泣き続けた。その声が余り激《はげ》しかったせいか、近所の女衆も三四人、薄暗い門口へ集って来た。父母はもちろんその人たちは、口々に彼の泣く訣《わけ》を尋ねた。しかし彼は何と云われても泣き立てるよりほかに仕方がなかった。あの遠い路を駈け通して来た、今までの心細さをふり返ると、いくら大声に泣き続けても、足りない気もちに迫《せま》られながら、……

良平は二十六の年、妻子と一しょに東京へ出て来た。今ではある雑誌社の二階に、校正の朱筆《しゅふで》を握《にぎ》っている。が、彼はどうかすると、全然何の理由もないのに、その時の彼を思い出す事がある。全然何の理由もないのに？――塵労《じんろう》に疲《つか》れた彼の前には今でもやはりその時のように、薄暗い藪《やぶ》や坂のある路が、細々と一すじ断続している。……

軽便鉄道

子供四題［四］

志賀直哉

小田原で湯本行きの電車を降り、前の茶屋に休む。熱海行の発車までには尚《なお》一時間余りある。

眼の上に焦茶色《こげちゃいろ》のぽちのある小さい黒犬が顔を見上げて頻《しき》りに尾を振る。そうして菓子を貰いつけている犬らしい。媚《こ》びるような眼付きが感心しない。菓子はやらなかった。

私の側《そば》には浅草の者だという肥った男が腰かけている。新橋からずっと一緒に、互に無言で来たが、横浜の停車場《ていしゃじょう》を出る時、其男は私を顧み、初めて口をきいた。

「幾らかお温《あった》かになりやしたな」

「ええ」

それだけで、その次は平塚を出る時、又其男が話しかけた。

「失礼ですが、何方《どちら》へ？」

「湯ヶ原へ行こうと思います」

「へえ、私も湯ヶ原で。湯ヶ原はどちらかお宿は決って居りますか」

「決めています」

「宿屋にも○○○（何か妙な事をいったが私には分らなかった）がありましょうな」

「え？」

「その、いいのと悪いのが厶《ござ》いましょうな」

「あるでしょう」

「御病気ですか」

「いいえ」

「へえ、私はその転《ころ》びましてな。二週間名倉《なぐら》へ通いましたが、薩張《さつぱ》り験《げん》が厶いません」こういって裾《すそ》をまくり、不快《いや》な色に腫《は》れ上った腿《もも》を出して見せ、「これからこれへかけて、まだこれで……」と私の顔を見上げる。

「ああ」私は眉を顰《ひそ》めた。如何《いか》にもきたない感じがした。

国府津《こうづ》で電車に乗る時でも、小田原でそれを降りる時でも、其男は毎時《いつも》、私の顔色を覗《うかが》って、「此処《ここ》ですか？」と云うような顔をする。私が一寸点頭《ちよつとうなず》いて見せると、お辞儀をしてそこそこに荷物を取り下す。今いる茶屋にも私について入って来たのである。

最初、何となくいやな奴に思えていたが、こう万事逆《さから》わずに出られると自然に多少の好意が湧《わ》く。私は茶を飲みながら、此男と少し話した。

却々《なかなか》時が経《た》たぬ。私は町を少し歩いて見る。足が悪いので其男はついて来なかった。小さな堀があって、堀の水はきたないなりによく澄んでいた。口の欠けた徳利が底の溝泥《どぶどろ》に半分埋まっているのがよく見えた。

見附《みつけ》を入った所に小学校がある。休み時間で子供が大勢遊んでいた。広い運動場で、砂地の為に霜柱が立たず、子供等は地面に転がり廻って遊んでいた。

私は低い垣根の側《そば》に立ってそれらを見た。洟《はな》たらしのきたない子供達で、中には性《たち》の悪そうな奴もいるが、長閑《のどか》な気持でこうして見ていると、どれもこれも同様に親しい気持で見られ、面白かった。

垣に近く、テニス・マッチをやっている連中があった。三尺幅程の網が地面に描いてある、これがネットで、ラケットは手の掌《ひら》である。それで立派に試合をやって居る。打ち込みの名人がいて、それに大分倒されていた。応援隊が盛に弥次《やじ》っている。

私は時間の許すかぎりそれを見て、又ぶらぶら、もと来た道を引返して来た。途々《みちみち》、一体自分は子供好きなのか、それとも子供のような遊び事が未《いま》だに好きなのかなど考えて来た。

帰ると、茶屋の婆さんが、「直ぐお乗り込みになってよろしう厶《ござ》います」と云った。乗合は浅草の男の外に水兵五人、頬骨《ほほぼね》の高い五十ばかりの女と、その娘と男の児、それと私だった。

間もなくへっついのような小さい機関車は型の如く汽笛を鳴らし発車した。ガタガタといやに気忙《きぜわ》しく走る。早川橋を渡り、海岸づたいにやがて石橋山の麓《ふもと》へかかった。

「これから段々あぶない路になりますよ」真鶴《まなづる》の者だと云う水兵が隣の海軍工機学校と書いた帽子を被《かぶ》った水兵に話しかけた。

「ああ、そうかね」と此男は大《おお》ように莞爾《にこにこ》しながら、眼はそのまま海の方を眺めていた。

二人は知り合ではないらしかったが、場所々々で真鶴の水兵は叮嚀《ていねい》に説明していた。

「根府川《ねぶがわ》の石山は陸軍の所轄《しょかつ》ですから無闇《むやみ》に切り出せないんです」

「そうかね」

「観音崎の要塞の石なんか皆此処《ここ》から出すんですよ」

「ああ、そうかね」とにこにこしている。

根府川の停車場は幾らか坂になっているので、発車にブレーキをゆるめると一寸逆行した。それと同時に車輪が廻り出したから、車体が甚《ひど》く揺れた。

「ゴースタンとゴーへーを一緒にやり居るわ」大ような水兵は皆《みんな》を顧みて笑った。私達は別に可笑《おか》しくもなかったが、水兵達は皆笑った。

「成程、段々あぶなくなって来たね」工機学校は窓から首を出して其辺を見廻した。

「一つ脱線しようもんなら、これだけで海の中へどぼーんですぜ」真鶴は皆《みんな》の顔を見る。

「なんまいだあ、なんまいだあ」こんな事をいう水兵があった。

「これからが段々あぶないんですよ」真鶴は何となく得意である。

実際路は段々海面を遠ざかる。

「どうです」真鶴は如何《いか》にも嬉しそうだ。

「こりゃあ、大分あぶないね」言葉だけはあぶなそうだが、顔は相不変《あいかわらず》にこにこして居る。

あぶない所へ来る度、真鶴は、

「どうです」と云う。

「あぶないね」と工機学校も同じ事を繰返していた。小田原国府津の海岸が遠く見えて居る。

先刻《さっき》から青い顔をしていた娘が、母親の胸へ額《ひたい》をつけ何かいっている。

「頭を冷《ひや》す方がいいよ」母親は抱くようにして立たそうとするが、娘は力を抜いて動かなかった。

「もどしそうだ」

「だから立って、窓から首をおだしなさいよ」

「苦しい」娘は泣き出した。

「弱虫だよ、しっかり立って顔をお冷しなさい」と母親は叱った。

娘は窓へつかまって顔を出し、そして何かもどした。

「余っ程いいだろう」

娘は首肯《うなず》いた。

母親は袂《たもと》からハンケチを出し、娘の涙を拭《ふ》いてやった。娘は十三四の反歯《そっぱ》で眼のギヨロリとした醜い児だった。母親も余り感じのいい女ではなかった。然し如何にも母らしい感情に浸りつつ拭いてやる。それを娘も既にそれ程の年でもないのに黙って拭かしている。こういう様子は一種いい気持で眺められた。

真鶴へ来て、真鶴の水兵は下りた。機関車へ水を入れ、熱海からの列車を待った。間もなく貨車を二台曳いたのが来て、それと入れ代りに私達の列車は動き出した。

その辺に遊んでいた学校帰りの男の児が五六人吾々の列車を追いかけて来た。一人鞄《かばん》をかけ、片手にビールの空壜《あきびん》を持った奴《やつ》が客車の直ぐ側《そば》まで追い迫って来た。彼方《むこう》で貨車に米俵を積み込んでいた小揚人足《こあげにんそく》が大声に、

「乗るじゃあ、ねえぞ」と怒鳴《どな》っていた。

「乗れ乗れ。かまあもんか」と工機学校の水兵は窓から暢気《のんき》らしい顔を突き出し、子供達をおだてた。

汽車が早くなるに従い、一人々々落伍して行ったが、七つばかりの如何にもきかん坊らしい洟垂《はなた》らしだけが一人執念深く追って来た。どう云う心算《つもり》か草履《ぞうり》を片々《かたかた》は穿き、片々は手にはめて、それをきりきり振廻しながら、むきになって追いかけて来る。丁《ちょう》度《ど》路が上りになって汽車は少し遅くなった。きかん坊は茲《ここ》ぞと鈍栗眼《どんぐりまなこ》を出来るだけ

剝《む》き出して段々に近よって来た。

「しっかりやれ、しっかりやれ」工機学校は今は起ち上がって小さな窓から上半身を乗り出すようにして応援した。

もう二三間で追いつく所まで迫った時、その子供は不意に、俯向《うつむ》き、立ち止って了った。

鈍栗眼に石炭殻《せきたんがら》が飛び込んだのだ。

子供は、眼をこすりこすり何時《いつ》までもまぶし相《そう》に此方《こちら》を見送っていた。

「ハ、、、。残念で却々帰りよらん」水兵は笑いながらそれでも気の毒がりハンケチを出して頻《しき》りに振った。

暫くして子供は眼をこすりこすり帰って行った。

為介の話

谷崎潤一郎

一

「ちょっと失礼します、あなたが那川子爵閣下で？――」

「はあ、そうです」

と、為介は重々しい口調で答えて、わざと分るように顔をしかめた。いい塩梅に二等室には自分の外に一人の客も乗らないようだ、それでなくても此の狭苦しい軽便鉄道の車室の中へ、行儀の悪い大阪辺の遊び客や、汗ッ臭い連中などがやって来られては助からない、早く今のうちに発車してくれればいいがと、そう思っているところへ、突然声をかけられたのが彼には忌ま忌ましかったのである。呼んだ男は二人連れで、その様子から判断すると、新聞記者に違いなかった。「子爵閣下」と云う敬称を使いながら、プラットフォームに突っ立って、今出ようとする汽車の窓から、車室の中をジロジロ不作法に覗いている。その一人の男の方はことに為介の反感をそそった。

一体彼は何の理由もなく、相手の顔や服装だけですぐに反感を持つたちなのだが、その男の平べったい鼻や、赤黒い顔色や、頑丈そうに突き出た頤《おとがい》や、黄色い汚い歯並びや、汗でぬらぬら光っている襟頸《えりくび》や、垢づいたカラー、曲った蝶結びのネクタイなどにチラと眼をやると、もうどうしても同情は持てない気がした。おまけに声が不愉快であった。どすを含んだ、大道演説でもやりそうな、妙に下品で圧しつけるような声なのである。

「や、実は唯今ホテルの方へお伺いいたしましたのですが――」

そう云いながら二人の男はつかつか中へ這入って来て、名刺を渡して、為介の前へ腰をおろした。一人は大阪の××新聞、一人は同じく○○新聞の記者であった。

ははあ、これは大方支那問題を尋ねに来たんだなと、為介はすぐにあたりをつけたが、聞いて見ると矢張りそうだった。二人の記者はたまたま「那川子爵閣下」が有馬温泉に滞在中と云う噂を耳にして、目下内乱でごたごたしている支那に就いての意見を叩くべく、本社の命で大阪から出て来たのである。

「支那の問題も此の頃のように入り組んで来ては、僕にもさっぱり見当がつかんよ。」

「ですが子爵、」

と、例の大道演説じみたのが膝を進めて、

「江蘇軍と浙江軍では結局どちらが勝ちましょうかな？　南方の形勢がああなった以上、奉天の方でもいよいよ兵を動かすようになりますでしょうか？」

「まあ、大体のお考えをお洩らし下されば結構なので、二三十分お邪魔をいたしたいんですが。」

そう云って二人はめいめい鉛筆を出して、紙をひろげた。

為介は自分が今でも一とかどの支那通のように世間から思われ、また時としては自分でもそんな振りをするのが、よく考えると滑稽な気がした。彼が支那通と認められる所以《ゆゑん》は、嘗て外務省の官吏として北京や上海に数年駐在したことがあるのと、その時分に所謂《いはゆる》「華冑界《かちゆうかい》の新人」と煽《おだ》て上げられ、いい気になって雑誌や新聞に支那問題を論じたりしたことがあるのと、それから現在、亜細亜文化協会の名前ばかりの幹事の役をしているのと、要するにただそれだけの縁故であって、実はわざわざ新聞記者を向けられるほどの専門家でも何でもない。支那にいたのは今から六七年も前、彼が三十歳前後の折で、その時代には少しは研究したこともあり、興味を抱いていたけれども、もう今日ではすっかりそう云う方面に趣味を失ってしまっているのに、世間と云うものは有難いもので、一旦彼に支那通と云うレッテルを貼ると、何年立っても矢張り支那通にして置いてくれる。

「はあ、成る程、………ははあ、」

と、二人の記者は上の空で返辞をしながら、それでも彼の出鱈目を一生懸命に書き取っている。為介は膝を組んで、尤もらしく反り身になって、悠然と葉巻をくゆらしながら、直隷派《ちょくれいは》と反直隷派、張作霖《ちょうさくりん》と呉佩孚《ごはいふ》の関係、延《ひ》いては内乱後の統一問題、段祺瑞《たんきずい》の人物評など、汽車が有馬から三田《さんだ》へ行くまで三四十分しゃべりつづけた。勿論それは敢て支那通を煩わす迄もないような、誰にでもしゃべれる程度のことで、その間彼は下を向いて筆記している二人の男の、泥だらけな白靴を見ていた。そして現在の日本と云うものが、此の不愉快な、うす汚い白靴で代表されているように感じた。どう云う訳で夏になると皆が白靴を穿くのだろう。埃だらけな、道路の不完全な日本の都会で、運動家でも何でもない者が、強いて汚れっぽい白のズボンに白靴を穿くのはどう云う気だろう。思うに最初此の服装は、富豪の子弟のお洒落な連中が亜米利加のチャキチャキの風を学んで日本へ伝えたものだろうが、それがいつの間にか一般の流行になり、元来贅沢であるべきものが贅沢でなくなり、現にここにいる二人のように、身嗜みだの服装だのを構っていられない人々までが、無意識の間にこう云うなりをしているのである。そうなって来ると流行と云うものは可笑《をか》しなものだ、殊に西洋から来る流行は大抵の場合、日本を尚更醜くし、その弱点を一層露骨に曝《さら》し出すようなものばかりだ。………

彼の頭がそう云う連想を追っているうちに、彼の舌端はそれとは全く関係のない支那問題の講釈を弁じていたのであるが、二人の記者はおりおり筆記の手を休めて、次ぎ次ぎに質問を発した。為介はなるべく大道演説屋の方の質問を避けて、もう一人の記者――それは色白の、細面の、いくらか品のいい顔をしていた。おまけに白靴もこの男の方のは、同じく汚れてはいたけれど踵が曲っていなかった。――の質問にばかり答えるようにした。前者に対する彼の奇態な毛嫌いはだんだん激しく意地悪くなって、その心持をムキ出しに示した。例えば前者が質問すると、わざと曖昧に、「さあ………」と云って口籠ってしまったり、側方を向いて考えるともなく黙ってしまったりして、やがて後者の方の番になると、際立って態度を変えて見せる。それでも前者が気が付かないで尚づうづうしく話しかけると、しまいには何と云われても唯「ふん」と云う微かな鼻声であしらってしまう。こう云うことは彼は年中やりつけているので、実に手に入ったものだった。そして此れでも分らないかと云う風に執念深く押し通しながら、ときどき横眼で相手の様子を捜《さぐ》って見るのが、彼には一種の興味でさえあった。

大道演説屋はとうとう最後には悟ったらしかった。が、そのために控え目にするのではなく、今度は妙に追従笑いを浮かべながら、一層下手に出て為介の機嫌を取り結ぼうとする。笑う度毎にまるで鮪のブッ切りのような分厚な唇がきたならしくめくれて、歯糞の附いた黄色い歯の列がギザギザと口の中に並んでいる。それを見ると為介は、きっと此の男の息は臭いだらう、こんな男と接吻する女もあるのか知らん？ と、考えないでもいいこと迄も考え出して、今しがた喰べた昼飯が胸先へ戻って来るようであった。

「や、非常にお妨げいたしまして、甚だ恐縮でございました。」

と、汽車が三田《さんだ》の停車場へ着くと、漸くその男は立ち上ったが、

「ところで子爵は？――ここでお乗り換えをなさらなければなりませんが、真っ直ぐ東京へお帰りになりますんで？」

と、まだそんなことをつべこべと尋ねて、一々ピョコピョコとお辞儀をしながら、

「お荷物をお持ちいたしましょう」と、赤帽と一緒にスーツケースやバスケットなどを向う側のプラットホームに運んだりした。

多分この二人も直ぐに本社へ帰るのだろう、又大阪まで附き纏《まと》われては敵わないなと、為介は内々恐れていたのだったが、向うで遠慮したものか、彼が乗り換えた車室内には彼等の姿は見えなかった。有馬を出たのが午後三時半で、もう四時過ぎではあるけれど、ようよう九月に這入ったばかりのまだ日の長い盛りなので、汽車の中は可なり蒸し暑い。此のくらいなら矢張り自動車で宝塚へ出て、あれから電車で大阪まで行った方がよかったかも知れない。今考えると、さっきホテルのマネージャーに「そうなさいましては如何《いかゞ》でございます」と云われたとき、彼はどうしてあんなに剛情に、一言の下に断ったのか不思議であった。「あの山路をあんなボロボロ自動車で揺られて行っては溜らない」――此の考えが彼の頭へぴんと来たのではあったけれど。………

「あの自動車も新聞記者の白靴のようなものなんだな。」

彼はしょざいなく窓に凭《もた》れながら、そんなことを思いつづけた。

「もとはフォードでございましたが、近頃は有馬にもハドソンだの、ビキックだの、大分いいカアが参りましてございます」と、マネージャーは自慢そうに云うのだが、為介は有馬に逗留中、一二度神戸へ出たことがあって、そのハドソンにもビキックにも懲り懲りしていた。名前はいいが恐らく中古の安物の車台を、月賦か何かで買ったのであろう。それへ乗せられて一時間も揺す振られると、胃が変になって必ず後で頭痛を覚えた。のみならず彼はあの大阪の郊外電車の車室の中で、お客が子供に糞や小便をさせているのを二度も見てから、その不作法にすっかり辟易してしまって、あれへ乗る気がしなくなった。東京にだって不躾な乗客があるにはあるが、それでもまさかあんな光景に接することは出来なかろう。

汽車は渓流に沿いながら、幾つかのトンネルを出つ入りつする。ちょうど為介の向う側の、扇風器の風が具合よくあたる所に二人の紳士が座を占めていて、窓の外を眺めながら頻《しきり》と景色に感心している。

その一人は大阪者で、一人は東京者であろう。

「どうだね君、此の辺の景色はちょっと変って居りゃせんかね？　東京ならば先ず塩原か箱根といったところだろうが」

と、大阪者がそう云っている。

「成る程、此りゃ絶景だね、これで全体大阪からはどのくらい離れているのか知らん？………ははあ、汽車で一時間半ぐらい、………そんな近くにこう云う山や渓川があるのは意外だね。」

と、東京者も合槌を打っている。

「ほら、あすこで鮎を釣っているだろう。此の川は鮎が獲れるんだよ。ここらあたりはまるで深山幽谷のようだが、宝塚まで行ってしまうとすっかり風致が俗悪になるんだ。」

大阪者に云わせると、此処の景色は俗悪の反対で、つまり風流なのであろう。川の両岸は断崖絶壁で、ところどころに巨大な石炭の塊のような黒ずんだ巌の肌が露《あら》われ、その頂に松がひょろひょろと生えたりしている。水の流れは或る所では白泡を立てつつ奔湍《ほんたん》となり、或る所ではゆるやかな渦を巻きながら真っ蒼な淵を湛《たた》えている。為介はこういう南画的な山水を見ると、いかにも日本は地震国だなと、そんな気がするばかりであった。子供の時分に、初めて箱根や塩原に遊んだ折は珍しくもあったけれど、その後方々へ旅行するようになってから、殆ど内地の到る所に塩原式や、妙義山式や、耶馬渓式の所謂「天下の絶勝」があって、それがせせこましい日本のような地勢では決して珍しくないのを知った。「踏破千山萬《ふみやぶるせんざんばん》鬖煙《がくのけむり》」という詩があるが、此の詩の作者は日本の国がどこへ行っても千山萬鬖ばかりであるのに驚いただろう。「何々の名勝がございますから御案内いたしましょう」などと、行く先々の土地の人に言われた場合、為介はいつもお定りの奇巌怪石や、激流岩を嚙む底の図柄を想って、もう見ないでも沢山であった。殊に去年の大地震の際の箱根の災害を聞いてからは、眉を圧する突兀《とっこつ》たる峰巒《ほうらん》や、その間を縫う千仞《せんじん》の谷などと云うような景色が、何となく息苦しくなり、胸が痞《つか》えるようになって、寧ろひろびろとした大平原が恋しかった。

そう云う意味で、避暑地としては彼は一番大陸的な軽井沢を好んだ。そして毎年、夫人の算子《かずこ》と代る代るそこの別荘へ出かける例になっていたのだが、今年の夏は算子が七月の初めから、八月一杯ずっと別荘で暮すと云うので、彼はどうしても外へ行かなければならなかった。

「わたしの方は構いませんから、お宜しかったらあなたも軽井沢へおいで遊ばせ。」と、彼女は云ったが、あの狭い家で毎日鼻を衝き合わせながら一と夏を過すことを思うと、彼はお世辞にも「一緒に行こう」とはいえなかった。

「いや、事に依ったら、今年は何処か関西の温泉地へでも行って見ようよ。地震から此方どうも関東は落ち着きがないから。」
彼はそう云う口実を設けて、夫人を軽井沢へ送り出してしまってから、八月になって有馬へやって来たのである。特に有馬を択んだのは他にも理由があったのであるが、
………
（未完）

停車場

中野重治

そこでどうなったろうか。

それを知るために我々は裏口へ廻ってみることにする。

ちょうどその同じ刻限に（というのはつまり千九百二十九年一月二十五日の午前十時半頃だ。）東京駅から桜木町駅に行く電車が、品川の駅を出はずれてガアガアという音を立てて走っていた。

ついでにいえば、この疾走している電車の車体は日本車輌会社の手で製作されたものであった。それが緩衝器の上のところにちゃんと書いてあった。

「そうさ、これが日本車輌なのさ。ふむ……もう随分と以前の話さ。十二年の多分五月だったからな。日本車輌は二十四工場に喰い込んでたのだからな。それが東京と大阪といっせいに立ったのだからな。そして惨敗したのだからな。ふむ……鉄道省と日本車輌と岩倉鉄道学校か……岩倉のストライキからもう三年にはなろうからな。あの時は雪が降って、十六くらいの生徒がドロンコになって下谷一帯を駆け廻ってたっけが……世界随一の鉄道労働者、二十四時間労働……ふむ。それにしても、あの前の年大阪で開かれた全国組合会議でアナとボルとがあんなふうに割れなかったらな。アナルコ・サンジカリズムというやつを、もそっと早く、もそっとうまく何とかしていたらな……まあま、それも仕方がない。それにしても、党がおれたちの眼の前に出て来るまでには随分と時間がかかったものだな。まったく！ 長かったよ、お前は！ だがまあまあ、間違いに気づくのに遅すぎるってことはないからな。それをグズグズいうのが例のやつらなのだからな。まるで、間違いに気づかなかった方がよかったとでもいうようにさ……」

日本車輌というその文字を見ると、その時分、古い革命的な労働者なら誰でもこんなふうに考えたものであった。

さて電車はガンガンといって走っていた。

そしてその一つの隅っこで一組の男女が並んで腰かけ、その女の方が男の方にしきりに熱心に話し続けていた。

「そういうのでございますよ。人間というものは、それがいやだったらサッサとそれを止めてしまうがいいのだと申しますのですよ。それを止めてから何をするかというメドがついてから止めるのはホントでない。またそんな調子ではつまりはいつまで待ってみたところで止められる気づかいはとてもない、とこう申すのでございますよ。」

実をいえば、その女の人の言葉はこれとは違っていた。彼女の言葉は非常に重苦しい訛《なま》り言葉で、同時に非常に丁寧な言葉であった。それを発音通りにうつし取ることはできない。たとえ何とか工夫して発音通りにうつしてみたところで、そうすればその訛り言葉のなかに含まれている非常な丁寧さが、訛りがあまりに重っ苦しいために逆に滑稽なものになるに違いない。そういう日常の言葉の極端な丁寧さは、商業、更には特に近代工業の発達していない交通の不便な土地に残っているもので、そういう地方の住民にとっては、そういう丁寧さなしにはもともと言葉というものがないのである。仕方がないのでここでは、その女の人の言葉をあたり前の言葉に書きなおしたわけなのだが、書きなおしてみればみたで、またあまりに丁寧すぎるような気がしないでもない。

「弟の申しますことは私にもそれはわかるのでございますよ。それでも弟が、さっきも申しましたような調子でガミガミいってまいりますとツイ腹が立って、それはお前さんのいうことの方が理には適っていようけれど、世間というものはそうそう理づめで押せるものではない。お前さんなどはまだ年が若くって、本当の世間というものを知らないからそういう無理がいえるのだ、というようなことをこちらからも強い調子でいってやってしまいます。そうしますと、しばらくの間というものはまるで便りをよこしませぬ。それが、あれは子供の頃、何か叱られるとプウンとそっぽを向いてものをいわなかったものでございますが、その横顔を見るようで、おかしいやら気がかりなやらで……するとまた私の方では、あれから来る便りが待ち遠しくなりますのですしね……」

誰にもわかるようにこの女は身の上話をしているのであった。この女がこうして身の上話をするようになったのにはカンタンにいえば次ぎのようなイキサツがあった。

今朝上野の停車場に着いた急行から降りたたくさんのお客のうちで、たった二人だけがそこからすぐ省線に乗り換えて横浜の方へ出発した。(ほかのお客は、上野で降りるとみんなそれぞれ東京の街の中へ散らばっていった。)この二人がほかならぬ今しきりに話し込んでいる男と女とであった。

この男と女とは、少なくとも彼らが話し合い始めるまでは、縁もゆかりもないアカの他人同士であった。

女は二十六七で、キチンとした身なりをして、その身なりは、彼女が金持ちでもなければ貧乏人でもなく、ハイカラでもなければひどく野暮くさくもないということを示していた。

男はちょうど三十くらいで、これもキチンとした洋服を着て、背の高いのと（たけが五尺八寸くらいもあることは後でわかった。）鼻のわきの深い皺とを除けば、その車室にいるどのお客と取り換えてみても格別違わないようなごくありきたりの顔をしていた。

この二人は汽車が上野に着くまでは別々にいたのであって、電車に乗り換えたとき偶然に並んで掛けたのであった。そして二人とも、自分の隣りにどんな人間がいるのかいっこう気にも止めないという様子だった。

電車が上野の停車場を出てまもなく、女はクッションの上にあがって、棚の上から彼女のバスケットを取り下ろそうとした。そのバスケットは、半分は網の上に、残りの半分は網を張った棒から外へはみ出しているのであった。それをいなしながら取り下ろそうとした途端に、しかしバスケットは自分で飛び降り、それがガシャッという音を立てて――その時までその男は何か考えごとでもしていたとみえて、女が座席にあがって網棚に手を伸ばしたのをちっとも知らなかった。——その男の頸ねっこに落ちてきた。女は顔がまっかになり、すっかりうろたえて、男がそれを取って片っ方の手で頸すじを撫でながら女に渡してやったあとで、やっと「とんだソソーをいたしまして……」といってあやまったくらいであった。

女はあっち向きになって、何かゴソゴソ探していたが、それを探してしまうともう一ぺん籠を棚に上げようとして、それをまた自分でやろうか、それとも隣りの男に頼もうかと思案しているようにみえたが、男はもちろんだまってそれをのせてやった。その時この男の高さが五尺八寸ほどもあることがわかったのである。

女はもう一ぺん男にお礼をいって、それから籠の中から取りだしたクシャクシャになったザラ紙をひろげて、それを畳みなおして、そしてそれを眉をしかめながら読み始めた。

その活字の植わったザラ紙の面をその男がちらりと眺めた。すると男の眼がちょっと見開かれた。多分彼は驚いたのであった。その男がその女に訊ねた。

「どちらへいらっしゃるのですか？」

「は？……鶴見というところまでまいるのでございます。」

「ああ、鶴見へ……」

それから二人の間に話が始まった。

男が女に、女の読んでいる新聞がおもしろいかと訊ねた。女はおもしろいにはおもしろいけれども、書いてあることがよくはわからないと答えた。

男が女に、よくもわからない新聞をどういうわけで読むのかと訊ねた。女は、弟がそれを一年半ばかり前から送ってくれるのだ、その弟のところへ今出かけて行くところだと答えた。そして彼女の身の上話を始めたのであった。

彼女はちょっとした百姓の家に生まれた。母親が死んで新しい母親が来た。新しい母親から弟が生まれた。ある事情で（どういう事情か女はそれを話さなかった。）弟の方が小学校を卒業するとすぐ家を出て「働きに行ってしまった。」

彼女は大きくなって嫁に行った。嫁入りさきは銀行の勤め人であったが、行ってしばらくたってみると、銀行の勤め人であることに嘘はなかったが、勤めは内職で内実は高利貸しであった。

もともと彼女はその家へ行きたくて行ったのではなかった。新しい母親から生まれた弟の方が先に家を飛び出したような事情が、まま娘の姉をそこへ嫁入らしたのであった。

高利貸しとわかってからは、そこの家にいるのが厭で厭でたまらず「死のうと思ったこともあった。」しかしそんな元気も出ず、だんだん気が弱くなって、気の弱いやけになり、弟に手紙を書いてグチばかりいっていた。弟はそのたびにすぐ返事をよこして、そんな家は今すぐ出てしまえというのであった。弟のいうのでは「そんなところにいると、今にシナビタオ婆サンになってしまうぞ。」というのであった。そこで姉と弟とは二三年も仲のよい喧嘩をした。そのあげくが、姉の方で、フイと弟のところへ行く気になったのであった。

「この暮れのことでございました。珍しく弟の方から手紙がまいりまして、いよいよつぶされた組合を建てなおすことになった……組合がつぶされたというのは、あなたは御存知でございましょうね？　まあ、さようでございますか……それでそれを三月に行った人のなかで、今度帰って来た人もあるしするので、それをシオに、いやが応でももう一ぺん組合の看板を上げようということになったのだそうでございますよ。それで今夜のうちに看板を打ちつけておいて、それをもう長い間見ないので、誰も労働者の人たちが気をくさらしているそうでございましてね、そして明日になって組合建てなおしの演説会を開いて、組合はもう一ぺん看板を上げたぞ、ちゃんと昨日から上っているぞといおうというのだそうでございますよ。それでこれから、その演説会の費用をつくりに東京へ行くのだという大へんな元気な手紙がまいりまして……その時ふいに私が、ひとつ弟のところへ行ってみようかなと考えたのでございますよ。

私はさっそく弟に手紙を書きました。組合建てなおしの演説会をやるそうだが大そうお目出たい。ついては、私がお前さんのところへ行きたいが、行ってもいいだろうかと訊いてやりました。そうしますと、それはいい、すぐに用意をしろ、そして一月二十四日の何時の汽車に乗って、どこで乗り換えて来い、迎えに出ている。それまでにはまだひと月あるから、かたづき先と父親の方とはこうやれああやれといって、どっちが姉やら弟やらわかりませぬ……」

その男は、非常に静かにして聞いていた。それは、見ず知らずの人からそれほどの身の上を聞かされたということのためであったかも知れなかった。実際人というものは、人の気をかねたり、自分の手前に羞《はずか》しがったりして、身の上を語ることがほかのことを語るよりも非常にすくないものである。ことに初めて逢って名前も知らない人にそういう話をするのはよくよくのことである。ただ人は一生に一ぺんくらいはそういうことをする。まるで顔も知らず、名も知らない人に、何の結果をも期待することなしにその身の上を打ちあける。それは全く「語る」のである。そしていうまでもなく辛い経歴を持ったものだけがそれをする。女は気づかなかったが、聞いている男の顔には深い感動の色が流れていた。

「それであなたの弟さんはどこの工場に出ていらっしゃるのですか？」

「いえ、それが首を切られたのでございますよ。それまでは、旭ガラスとかいうところにおりましたが……」

「旭ガラスですか？　あすこは鶴見でも、いや日本じゅうでもひどい工場でしてね……仕事が交替ですから、労働者の方は大困りです……で、今の弟さんの組合はどの組合ですか？」

「組合でございますか？」女は顔をすこし赤くした、「組合の名は、ただいま私忘れましたのですけれど……」

女の言葉つきは、組合の名前を忘れたことをあやまっているようであった。それでもしばらくすると今度は女の方が訊ねた。

「失礼でございますが鶴見というところを御存知なのでございますか？」

「ええ、少しばかり存じております。」

男はそこで二三秒も女の顔を見ていたが、今度は男の方から話し始めた。

「ごらんなさい。ここは川崎ですが、（ちょうど電車は、蒲田を出て六郷川へかかろうとしていた。）ここいら一帯の工場地帯というものは関東地方でも大物ですよ。鶴見は、いってみればそれの中心点ですからね。あすこにはちょっと大きな工場が……そうですね、（そういって男は指を折り始めた。）あなたの弟さんのいた旭ガラス、浅野セメント、浅野造船、日本鋳造、日清製粉、それに芝浦の鶴見工場……そのほかにもありましょうが、こういった所がおもなところでしょう。もっとも私は、この頃の鶴見は確かには知りませぬ。とにかく、鶴見という町は労働者町ですよ。労働者町というものがどんなものか、行ってごらんになればじきにわかりますが……あすこは、大きな工場がどれも海岸に並んでいましてね……その工場のある場所と鶴見の町とがすこし離れているのですよ。その間に河があって……もっとも河は大きいのが二つあります。あなたがお降りになって最初に渡る橋は潮見橋になると思いますが、その河の向うにもう一つあるのです。普通にはそれを運河々々といっていますがね……ちょうどそこいらはまだ一めんの草っぱらで、それを沙漠というのですよ。運河には橋がいくつかありますが、朝晩とにかく何千という労働者が、沙漠を渡って……これは草が背丈ほども伸びている沙漠です。その沙漠の中に人の踏んでこしらえた細い道があるのです。で、その間をわけて、あっちからもこっちからも、その道をふんで来る労働者が河が流れて来るようにそのいくつかの橋を目がけて流れて来るのですよ。そして橋を渡ってまたそれぞれ工場へ流れこんで行くのです。あなたはベルトを御存知ですか？　ははあ御存知ない？　それが、この頃のような寒い頃ですと、ついみんなの足どりが速まるでしょう。そのザッザッという足音は……いや、あなたも行って早くあれをおききなさい。労働者の足どりというやつですね。それをお聞きになれば、あなたが、どこから来られたか私は知りませぬが、とにかく鶴見の弟さんのところへお出かけになったことがどんなにいいことかということがわかりますよ……」

男は息をついで女に訊ねた。

「それで、こっちに出かけていらした心持ちはどんなです？」

男はそんな問いをかけたことを後悔したようにも見えた。しかし女はすぐにすらすらと答えた。

「さようでございますね。まあ、私どもが子供の時コマ割りに出かけました時のようなふうでございますよ。」

「コマ割りといいますと？」

「あなたはどちらの方でしょうか？　私どもの国は大そう雪の降る土地でございますが、春になるとそれが消えてまいります。そしてその下から黒い土が出てまいります……」

「黒い土が？」

「ええ、黒い土でございます。その頃は、梅が咲いて、桃が咲いて、桜の花が咲くのですけれど、その黒い土は長らくしめっておったものですから、三日や四日では乾きませぬ。それかといって決してぬかるんでいるのではございませぬ。しめっていながら乾いておりますのです。はだしで歩きますとまことにいい気持で、そうすると私どもの方では子供が一ぺんに家を飛び出してしまいます。何しろ冬四月というもの閉じ込められていたのですから。そしてコマを遊びますのです。いろんなコマ遊びがございますが、いちばんおもしろいのは何といってもコマ割りでございますよ。ジッと廻っているコマにこちらのコマを投げつけてそれを割るのでございます。私は子供の時はずい分なお転婆で、男の子と一しょにコマ割りをやったものでございますが、ちょうど、その道ばたに蕗《ふき》の薹《とう》が出て来ますとすっかりコマ綱をかついで飛び出しますのですが、まあそういったような心持ちでございます。」

「ははあ、ね……」

しかし電車はもはや鶴見にかかっていた。

男が女にいった。

「そろそろお支度をなさい。」

男はもう一度立って、女の籠を棚から下ろしてやった。それを受け取りながら女はつつしみ深くたずねた。

「あなたはここでお降りになるのでございませぬのですか？」

「え……」男は答えた、「私はもう少しさきまでまいります。」

「それはどうも……いろいろ御厄介になりました。」

こうして、このお互いに名も知らない男と女とは別れることになった。ほかのお客の眼から見ればそれは何でもないことであった。ほかのお客の眼から見ればというよりも、ほかのどのお客もそれを多分見なかったであろう。しかしこの二人にとっては、それは一つの出来事であったし、この出来事は後に再び別の出来事となって現われてくるのであった。

「では、お大切にしていらっしゃい。」

男は、そのことがらについて知り尽しているものだけが持っている確信にみちたもの静かな口調でいった。

「ここを降りたらあの階段をお上りなさい。上りついたところに上から札が下っています。それに矢がかいてあって、その左の方、海岸——潮田方面と書いた方へお曲りなさい。そしてそこの階段を下りるのです。そうすると改札口です。そこにあなたの弟さんが首を長くして待っていますよ……」

そこで言葉を切った男は一段と声をおだやかにしていった。

「そう、あなたの弟の元気な有賀由一君がね。」

男のいったことを、女はとっさには理解できなかった。女は真面目くさったけげんそうな顔をして男の顔を見上げた……と、女の眼がみるみる見開かれた。

「まあ、あなたは……」あえぎあえぎの声が女の口から洩れてきた。

「あなたはどなたでいらっしゃるのでしょうか？」

しかし男の口元を見ただけで女は答えを断念しなければならなかった。その口は笑っていたけれども結ばれていた。

「速く！　出ますよ、電車が……」

今度男の声は太々と底力があった。女は急いで荷物をかかえなければならなかった。女は絶対に車を降りなければならなかった。女が足を下ろした時には発車の笛が鳴っていた。女が顔を上げて今出て来たばかりの車室を眺めようとした時に、その車室はもう十二三間も向うを走っていて窓のガラス戸も見えなかった。女の前には海岸の匂いにまじってわが「鶴見区」がゴーゴーと煙っていた。

灰色の月

志賀直哉

東京駅の屋根のなくなった歩廊《ほろう》に立っていると、風はなかったが、冷え冷えとし、着て来た一重《ひとえ》外套《がいとう》でちょうどよかった。連《つれ》の二人《ふたり》は先に来た上野まわりに乗り、あとは一人《ひとり》、品川まわりを待った。

薄曇《うすぐも》りのした空から灰色の月が日本橋側の焼跡《やけあと》をぼんやり照らしていた。月は十日位か、低く、それになぜか近く見えた。八時半頃《ごろ》だが、人が少く、広い歩廊が一層広く感じられた。

遠く電車の頭燈《ヘツドライト》が見え、しばらくすると不意に近づいて来た。車内はそれほど込《こ》んでいず、私は反対側の入口近くに腰《こし》かける事が出来た。右には五十近いもんぺ姿の女がいた。左には少年工と思われる十七八歳《さい》の子供が私の方を背にし、座席の端《はし》の袖《そで》板《いた》がないので、入口の方へ真横を向いて腰かけていた。その子供の顔は入って来た時、ちょっと見たが、眼《め》をつぶり、口はだらしなく開けたまま、上体を前後に揺《ゆす》っていた。それは揺っているのではなく、身体《からだ》が前に倒《たお》れる、それを起す、また倒れる、それを繰返《くりかえ》しているのだ。居眠《いねむ》りにしては連続的なのが不気味に感じられた。私は不自然でない程度に子供との間を空《あ》けて腰かけていた。

有楽町、新橋では大分込んで来た。買出しの帰りらしい人も何人かいた。二十五六の血色のいい丸顔の若者が背負って来た特別大きなリュックサックを少年工の横に置き、腰掛に着けて、それに跨《また》ぐようにして立っていた。その背後《うしろ》から、これもリュックサックを背負った四十位の男が人に押されながら、前の若者を覗《のぞ》くようにして、「載《の》せてもかまいませんか」と云い、返事を待たず、背中の荷を下ろしにかかった。「待って下さい。載せられると困るものがあるんです」若者は自分の荷を庇《かば》うようにして男の方へと振返《ふりかえ》った。

「そうですか。済みませんでした」男はちょっと網棚《あみだな》を見上げたが、載せられそうもないので、狭《せま》い所で身体を捻《ひね》り、それをまた背負ってしまった。

若者は気の毒に思ったらしく、私と少年工との間に荷を半分かけて置こうと云ったが、

「いいんですよ。そんなに重くないんですよ。邪魔《じゃま》になるからね。おろそうかと思ったが、いいんですよ」そう云って男は軽く頭を下げた。見ていて、私は気持よく思っ

た。一ト頃とは人の気持も大分変って来たと思った。

浜松町《はままつちょう》、それから品川に来て、降る人もあったが、乗る人の方が多かった。少年工はその中でも依然《いぜん》身体を大きく揺っていた。

「まあ、なんて面《つら》をしてやがんだ」という声がした。それを云ったのは会社員というような四五人の一人だった。連の皆《みんな》も一緒《いっしょ》に笑いだした。私からは少年工の顔は見えなかったが、会社員の云いかたが可笑《おか》しかったし、少年工の顔も恐《おそ》らく可笑しかったのだろう、車内にはちょっと快活な空気が出来た。

その時、丸顔の若者はうしろの男を顧《かえり》み、指先で自分の胃の所を叩《たた》きながら、

「一歩手前ですよ」と小声で云った。

男はちょっと驚《おどろ》いた風で、黙《だま》って少年工を見ていたが、

「そうですか」と云った。

笑った仲間も少し変に思ったらしく、

「病気かな」

「酔《よ》ってるんじゃないのか」

こんな事を云っていたが、一人が、

「そうじゃないらしいよ」と云い、それで皆にも通じたらしく、急に黙ってしまった。

地《じ》の悪い工員服の肩は破れ、裏から手拭《てぬぐい》で継《つぎ》が当ててある。後前《うしろまえ》に被った戦闘帽《せんとうぼう》の廂《ひさし》の下のよごれた細い首筋が淋《さび》しかった。少年工は身体を揺らなくなった。そして、窓と入口の間にある一尺ほどの板張にしきりに頬《ほほ》を擦《す》りつけていた。その様子がいかにも子供らしく、ぼんやりした頭で板張を誰《だれ》かに仮想し、甘《あま》えているのだという風に思われた。

「オイ」前に立っていた大きな男が少年工の肩に手をかけ、「どこまで行くんだ」と訊《き》いた。少年工は返事をしなかったが、また同じ事を云われ、

「上野へ行くんだ」と物憂《ものう》そうに答えた。

「そりゃあ、いけねえ。あべこべに乗っちゃったよ。こりゃあ、渋谷《しぶや》の方へ行く電車だ」

少年工は身体を起こし、窓外《そと》を見ようとした時、重心を失い、いきなり、私に倚《よ》りかかって来た。それは不意だったが、後でどうしてそんな事をしたか、不思議に思うのだが、その時はほとんど反射的に倚りかかって来た少年工の身体を肩で突返《つっかえ》した。これは私の気持を全く裏切った動作で、自分でも驚いたが、その倚りかかられた時の

少年工の身体の抵抗《ていこう》が余りに少なかった事で一層気の毒な想《おも》いをした。私の体重は今、十三貫《かん》二三百匁《もんめ》に減っているが、少年工のそれはそれより遙《はる》かに軽かった。

「東京駅でいたから、乗越《のりこ》して来たんだ。――どこから乗ったんだ」私はうしろから訊いてみた。

少年工はむこうを向いたまま、

「渋谷から乗った」と云った。誰か、

「渋谷からじゃひとまわりしちゃったよ」と云う者があった。

少年工は硝子《ガラス》に額をつけ、窓外を見ようとしたが、すぐやめて、ようやく聴きとれる低い声で、

「どうでも、かまわねえや」と云った。

少年工のこの独語は後まで私の心に残った。

近くの乗客達も、もう少年工の事には触れなかった。どうする事も出来ないと思うのだろう。私もその一人で、どうする事も出来ない気持だった。弁当でも持っていれば自身の気休《きやすめ》にやる事も出来るが、金をやったところで、昼間でも駄目《だめ》かも知れず、ましてや夜九時では食物《くいもの》など得るあてはなかった。暗澹《あんたん》たる気持のまま渋谷駅で電車を

降りた。

昭和二十年十月十六日の事である。

鉄道詩集　2

豚

北川冬彦

新月。山間の隧道から貨物列車がでて来た。列車は忽ち、鉛川に出逢つた。深夜の鉛川は列車を引き摺《ず》つて二哩《マイル》流れた。軈《やが》て、鉛川が北に折れるときがきた。列車は小児の如くよろめいて築堤の上から転落した。——暫《しばら》くすると、鉛川の真中に黒黒と横《よこた》はつてゐる列車の腹が音もなく真つ二つに割れて、中から豚がうようよ這《は》ひ出た！豚。豚。豚の群れは二哩の鉛川を一斉《いっせい》に遡《さかのぼ》り始めた。

山間の隧道の奥の枕木の上には、一匹の小豚が呻《うめ》いてゐた。

ラッシュ・アワア

北川冬彦

改札口で
指が　切符と一緒《いっしょ》に切られた

壊滅の鉄道

北川冬彦

軍国の鉄道は凍つた砂漠の中に無数の歯を、釘の生えた無数の歯を植ゑつけて行つた。

突然、一かたまりの街が出現する、灌木一本ない鳥一匹飛ばないこの凍つた灰色の砂漠に。

芋虫のやうな軌道敷設列車をめぐつて、街の構成要素が一つ一つ集つてくる。例へば、脚のすでに冷却した売淫婦。

一連の列車の中の牢固《らうこ》とした階級のヴァリアション。

軌道は、人間をいためることによつてのみ完成される。人間の腕が枕木の下で形を変へる。それは樹を離れる一葉の朽葉よりも無雑作である。
軌道の完成は街の消滅である。忽ち、一群の人間は散つて了《しま》ふ。
砂漠は砂漠を回復する。一本の星にとどく傷痕を残して。
軍国はやがてこの一本の傷痕を擦《す》りへらしながら腕を延ばすのである。

没落へ。

春

安西冬衛

鰊《にしん》が地下鉄道をくぐつて食卓に運ばれてくる。

普蘭店といふ駅で

安西冬衛

急行列車のDeckから、さつと猫がとび下りた（むささびのやうに）。事件といふのは——たつた、それだけである。

哺乳

安西冬衛

機関庫のある停車場は、煤けた色合や鉄のわめきやうなど、構造と空気の加減が鍛《か》冶《ぢ》屋《や》の仕事場に似てゐる。

兄弟子達の尻にくつついて奉仕する子供の駅夫は、バルカンの申し子のやうにズズ黒く、ゝ《ちよん》として金クソ的の捨て育ちだ。

ナポレオン頭の小ちやなその子は、祖父譲りのメタルを吊した銀の鎖を胸釦にからませて、助役さんのやうにひどく得意です。

家畜のやうに飼馴らされた手押撤水車で従順な歩廊を日がな一日濡らしてまはる小

仕事。車体の下へ潜り込んで自動聯結器の嚙み具合を検めてくる役目。

その合間には、入替の機関車のとつぱなで手旗信号を打ち振る進行の英雄にうつとりとわれを忘れるのだ。その容子は、たとへばトルクシブ鉄道に入つてくる蘇聯《ソれん》の機関車の正面に飾られたスターリン元帥の画像に目を丸くするウズベックの子供のやうに初初《うひうひ》しく見えた。


客車達は珠数つなぎで定刻の出を待ちしびれてゐた。

デッキまで溢れて犇《ひし》めく乗合の股倉からハミ出た鼻垂小僧は途方もない甘蔗稈をしやぶつてゐる。パンツの破れから田螺色《たにしいろ》の臍《へそ》をのぞかせながら。

たつぷり蒸気を貯めて、給水塔の方からバックしてきた機関車が、いきなりズシンと尻を持ち込む。

——もう出発。

ナポレオン頭——小つちやいコルシカ人は、この時すばやく車の輪の下に潜る。暫時。彼は這《は》ひ出してくる。それから腰を伸してアキンボの姿勢をとり、心ゆくばかり底光りするドス黒い機関車のドテッ腹を深い満足感で見上げ、窓枠に肘《ひぢ》をかけて見下してゐる罐焚《かまた》きとニッコリ、二た言三言何か戯れ言。

だが、小バルカンの小箴言は、惜しいことに真白な蒸気のほとばしりにさらはれて聞けなかつた。

それから彼は炭水車《テンダー》の側方に取付けてある一条のパイプにぶら下り、捻つた嘴《コック》に口をつけて奇麗な水の滴りをチユウチユウ吸ひはじめた。

巨大な母体に甘えかかるナポレオン頭。

それはあの海の哺乳類が眼尻を優しく細めて授乳する姿そのままの、世にも情愛に富む眺めに見えた。

電車

北園克衛

線路のなかに山百合《やまゆり》の花が咲いてゐる　十五分おきに若い運転手が白いボギイ車を動かし乍ら鼻歌に合せてベルを鳴らして来る　車の中でマドモアゼルがたつた一人カアネイシォンのやうに揺れてゐるのを御覧！

撒水電車

竹中 郁

この移動噴水は
懶《ものう》い午睡《ナップ》をさましてゆく

見よ！
颯爽《さつそう》と
街路《まち》の篠懸樹《プラタン》は整列した

停車場

竹中　郁

昼間の雑閙が疲れはてて
冷たい木製椅子《ベンチ》の上で臥《ね》てゐる
プラットフォームには
西洋象棋《チェス》のやうに人影はまばらだ

他《よそ》の線の電車は
流星のやうに逃げていつた
青い燈《ひ》がいやに僕の眼にかなしい

故郷の方角はどちらかしら
強い刺戟で遊んできた心は
仲々消えないイルミネーションだ

僕の憂鬱は帽子の中を一杯にし
僕の心臓は時計を真似して
おそい時間を数へてゐる
下宿は遠い！

車中偶成

竹中　郁

わが乗る阪急電車の窓ちかく
山々せまり岡本の里のあたりを疾駆す。
木々の芽立ち美しく
たまゆら男女《なんにょ》の客の頬染めぬ。

不図　感ず、わが肩の上《へ》の軽き重みを、
吾に添ひて稚き中学生の居睡るなり。
一日の学業に疲れたるにや、

生毛やはらかき口元ややあけて
あどけなく睡る。
――嘗て吾にもありしこの年ごろ。
――嘗て吾にもありしその紅《あけ》の頬。

電車ひた走る、
過ぎし日のごとく
電車ひた走る。

わが腕《かひな》　わが肩をつたひて
汝《なれ》が血気と夢とかよひ来る。
わが身ぬちに次々と甦るかの耀きの若き日。
しかるに　惜しや、
電車は辷り込む神戸終点。

地上の星

竹中　郁

こちらで振る
踏切番の白いランプ
あちらで答える
もう一つの小さな白いランプ
どしゃぶりの雨のなか
話しあっているようだ
うなずきあっているようだ
やがて来る夜更けの電車を

夜更けて帰りの人人のいのちを
いのっているようだ

ね　ここに一人のぼくがいるよ
雨とくらやみとにまぎれて
それとなく見つめているぼくだよ
ぼくも振っているんだよ
ランプの話しあいに加っているんだよ
ランプのいのりに加っているんだよ
黒い蝙蝠傘を
大きく大きく打ち振っているんだよ

（「三いろの星――組詩のこころみ」より）

時は變改す

内田百閒

一

驛長驚クコト勿レ時ハ變改ス
一榮一落コレ春秋

玄關にお客が來たと云ふ。

國有鐵道の中村君から、お願ひの筋があつて伺ひたいと云ふ打ち合はせはあつた。私の文集の編纂本を出したいと云ふ話があつて、その件を中村君が扱つてくれてゐた時なので、きつとその話だらうと思つてゐたが、玄關の土間の應接所に顏を出す前に、家内が取り次いだ模樣では、或はさうではないかも知れない。

中村さんの外にお二人、つまり三人だから、腰掛けが足りないから、お勝手のを一つ出しておいたと云つた。

さて、威容をととのへて、面接に出ようと思ふ。

私は朝から晩まで腹を立ててゐるわけではないが、だれかが來たと云ふと、途端に氣分が重くなる。

金貸しばかりに應對した惰性《だせい》だらうなぞと、すぐにさう云ふ事を考へたりする人を私は好まない。そんな事はそんな事として、一つの事にしつこいのは好きではない。だれかが來れば、濃淡に拘らず、何か用事を持つてゐる。私の最も好むところの、なんにも用事のない賓客は、さう云ふ來方はしない。

どうせ何か云つて來たのだから、それに違ひないから、何は兎もあれ、ことわつてしまへと云ふ事を先づ考へる。

えらさうな顏をして玄關に出て見たら、中村君の外に、二人、その内の一人は恐ろしく大きな紳士で、細長い半間ばかりの土間の餘地に、警察署にある樣な小さな木の腰掛けを列べ、三人目白押しになつて、仲よく肩摩《けんま》しながら、御順にお詰め願つてゐる。

中村君が紹介を兼ねて挨拶した。

何です、と私は苦《にが》り切つて威勢をつける爲に煙草を手に取つたら、未見の二君は東京鐵道管理局の者だと云ふ。をかしいなと思ひかけた私に向かつて、

「實は鐵道八十周年でして」

それは私はよく知つてゐる。お目出度い行事だと思つてゐるから、切り出されても腹は立たない。

「式は十月十四日ですが、幾日《いくか》も續けてお祝ひを致しますので、十五日に一日だけ東京驛の驛長になつて戴けませんでせうか」

何でもかでもことわつてしまへと云ふ氣持が、どこかへずれて、一日だけなんて、隨分遠慮したものだなと思ひ出した。

私が最初に大きな聲をして笑ひ出したので、面接に出る前に引き締めた顏の筋なぞ、ずたずたに切れてしまつた。順ノ宮様の御婚儀の時、御披露によばれて、彼の女が顏面神經のちつとも引つ釣らない、花が咲いた様な顏をして笑ふのを見て、お可愛いなと思つた。ぢぢいの私が、東京驛の名譽驛長になれと云はれて、順ノ宮様の様な顏をして笑つたと云つたら、氣分の惡くなる諸君が多いに違ひないが、笑顏《ゑがほ》に引つ釣りがないと云ふ點では、貴賤その軌を一にする。

もう承知しましたとか、引き受けるとか、そんな返事は必要でなくなつた。當日は制服制帽を著けてくれと云ふ。もともと私は詰め襟は好きである。黑の詰め襟にフロツクコートの縫《ぬ》ひ釦《ボタン》をつけて、山高帽子をかぶつて歩いたら、芥川龍之介君が、こはいよと云つて心配した。今度のは驛長の制服だから、金や赤がついてゐて派手だらう。尤も私が著ればその方が却つて不氣味かも知れない。こちらから進んで帽子のサイズと身長を教へた。後で當日の豫定やその前の準備の心づもりを印刷した紙をくれたのを見ると、帽子のサイズその他は先方からこちらへ伺つて置く可き項目の中に這入つてゐる。つまり私が突然よろこんで、興奮し、先走つたと云ふ事を自認した。少しく落ちつかなければいけない。

「どう云ふ事をするのです」

「當日は八時半に御出勤を願つて」

それは駄目だと、言下にことわつた。朝の八時半なぞと云ふ時間は、私の時計にない。

それでは、何時頃なら御都合がいいかと聞くから、いくら早くてもお午過ぎにして貰ひたい。その代り夜にかかるのは構はないから、晩の九時發博多行三十七列車で、新婚の池田さんと順ノ宮様が岡山へお立ちになるのを、驛長として見送つてもいいと云つたが、さう云ふこちらの思ひつきには、餘り乘つて來ない。晩にはもう用はないと云ふ氣配である。あまりいつ迄も驛にゐられては、却つて迷惑すると云ふ風にも見える。

先方が云ふには、一番大事な行事として、お午の十二時三十分に立つ特別急行列車「はと」を名譽驛長の相圖で發車させて戴きたいのです。

「僕が發車させるのですか」

「お願ひ申します」

私は汽車はどれでも好きだが、その中でも特に好きなのは、大阪行の「はと」つまり第三列車の特別急行と、今夜順ノ宮様がお立ちになる博多行の第三十七列車と、それから鹿兒島行の「霧島」は、下りの發は時間が惡いが、東京へ歸つて來る時の上りの第三十四列車に馴染みが深い。この三本の中で一番すきな第三列車の發車を私にやれと云ふ。むずむずせざるを得ない。

さうすると、勿論十二時半より前に行つてゐなければならない。しかしただその發車に間に合ふ様に來られたのでは困るさうで、それ迄に構内の巡視をし、各係長の昨日一日の報告を聞き、驛長としての訓示をしてくれと云ふ話である。

「訓示は、どうかな」と私が二の足を蹈んだ。

どうせ初めから、八十周年の祝賀行事なので、こちらも相手も面白くて目出度ければいい事は解つてゐるが、訓示となると、さうした浮いた氣持と、お祝ひでも冗談でもなく本氣に執務してゐる驛の職員の立ち場との間のつながりが、私にはつけにくい様に思はれる。

そのことを話して、訓示だけはよさうと云ふ事にした。先方もそれならそれで結構ですと云ふ。大體打ち合はせは濟んだ様である。

しかしまだ出勤時間がきまつてゐない。押し問答の末、已《すで》に形勢は私の申し分が通りさうではない。讓歩に讓歩を重ねて、十時半と云ふ事にした。

「止むを得ないと思ふから、さう云ふ事にお約束するけれども、今はさう思つてゐても、當日の朝起きられなかつたら、それ迄です。それではそちらもお困りだらうし、私も無責任の様で面白くない。前の晩から出掛けて、驛の階上のステーションホテルへ泊まりませうか」と云つたら、諸君大いによろこんで、是非さう云ふ事にしてくれと云ふ。

しかし又考へて見るに、寢つけない所に寢て、翌朝あつさりと起きられるか、どうか疑はしい。矢張り何でも馴らさなければ、事はうまく行かない。祝賀の行事が始まる五六日前からステーションホテルへ這ひ込み、毎晩寝て、毎朝起きる順序を繰り返してゐれば大丈夫かも知れない。それがいいに違ひないけれど、さう云ふ事をすれば、先方も迷惑であり、私だつて迷惑である。だれが金を拂ふか知らないが、私は拂ひたくない。鐵道の方で引き受けて、拂つたお金が餘り高かつた爲に、運賃値上げの原因なぞになつては、人人に合はせる顔がない。まあよしておきませう。

しかし、一晩だけの事なら構はない。

「それではステーションホテルの部屋を取つておきませうか」と云ふ。

「待つて下さい。或はさう云ふ事にして、前の晩から出掛けるかも知れないが、きめるのは、もつと先になつてからでいいでせう」

ところが、ステーションホテルの事は私から切り出したのだが、先方には別の考へがあつて、その話しをもとへ戻す。「お泊まりになるかどうかは別として、十二時半の發車から後は、夕方の晩餐會が始まる迄、もう外に豫定行事は何も御座いませんので、ステーションホテルでその間お休み願つてもいいかと思ふのです」

私の頭の中で、まだ纏まりのついてゐない、ぼんやりした事の中へ、右の話しがぴかぴかと光りを投じた。

十二時半の「はと」の發車から、夕方まで何の用事もないと云ふ事。それから當日の名譽職員は、東京驛だけでなく、上野にも、新宿にも、その他の主要驛でも依囑だか任命だかするさうだが、話しを散らかさない爲に、東京驛だけの事にするとして、名譽驛長の外に、名譽機關士、名譽車掌がゐる。彼等は熱海まで乘車勤務してすぐに引き返し、四時過ぎには歸つて來ると云ふ事。他驛の名譽職員も大體その時分までに東京驛へ集まつて、五時頃から晩餐會が始まる豫定ださうである。

然らば私も、四時過ぎまでに東京驛へ歸つてゐればいい。

「或は御都合で、ステーションホテルにお休みになる時間を、一たんお宅へお歸りになつて、夕方又お迎へに上がる事にしてもよろしいのですが」

「いや、まあその話しはいいです」と私は胡麻化した。

それでは、さう云ふ事に、と云ふわけで、打合はせが濟んだ。最後に當日の朝、御出勤と同時に、東鐵の管理局長から、名譽驛長の辭令をお渡しする、と云つた。

それは當然の事であらう。しかし、抑も名譽驛長は普通の驛長よりはえらい。私は法政大學航空研究會の名譽會長である。成つてくれと云つて來たから、さうなのだらうと思ふ。推戴式も何もしないから、どうだか解らないが、そこが名譽會長である。

たださう思つてゐれば、或は思はせられてゐれば、いつ迄でもさうである。會長よりえらいとか、驛長よりえらいとか、そんな事はどうでもいいが、一日だけと云ふのは、をかしい。辭令を貰ったら、一日だけでは止めませんよと云つておいた。

「さうだ君、解任の辭令も用意しておかなければいけないね」と話し合つて、みんなで歸つて行つた。

二

現國有鐵道總裁長崎惣之助氏は、就任の時に、サアギス絶對主義だと云つた。だから驛では、どこでもみんなさう思つてゐる。

「絶對にしない」と云ふ云ひ方は正しい。「絶對にする」と云ふのは、をかしい。語法の誤りである。しかし近來は滅茶滅茶になつてゐる。

高山樗牛が、吾人ハ須《スベカ》ラク現代ヲ超越セザル可カラズと云つたのは、語法が間違つてゐる。須《スベカ》ラク超越ス可シでなければいけないと云ふ事を、昔學校で教はつた。それでも吾人は、間違つた儘を頭に刻み込んで、今でも覺えてゐる。

絶對にサアギスしないと云ふのではないだらう。語法は間違つてゐても、「絶對にする」と云つてゐるに違ひない。或はこつちの解釋が間違つてゐるかも知れない。する、しないの事ではないだらう。「サアギスと云ふものが絶對である。外の事はどうでもいい」と云ふ趣旨かも知れない。

戰爭になつた當初だつたか、或はその直前だつたか忘れたが、運輸省の鐵道總局長官長崎惣之助氏は、記者會見の新聞記者に向かつて、かう云つた。

泰西の强國、と云ふ言葉は使はなかつたかも知れないが、獨逸を例に取つた話である。

「獨逸では、すでにサアギスなぞと云ふ事を考へてゐない。今日、鐵道に向かつて、人人がサアギスを求めるのは心得違ひである。鐵道は旅客にサアギスをす可きではない」

右の言は、計畫輸送の當時にあつて、もつともな點もあつたと思はれる。しかし、尤もであつても、なくても、汽車好きの私なぞには實に氣に食はなかつた。肝に銘じて、恨みに思つた。だから今でも覺えてゐる。同時に、さう云ふ憎い事を云つた長崎惣之助氏と云ふ人の名前を覺え込んでしまつた。

その同じ人が、さう云ふ事を云つた舌の根も乾かぬ内に、と云ふのではない。その間に歳月が流れて、風が吹いて、舌の根はかさかさに乾いてゐるだらう。

ただ、サアギスと云ふ一事に就いて思ひ合はせると、人の世の變轉と云ふ事をつくづく考へる。

だから、

驛長驚クコトナカレ、時ハ變改ス。

これに關聯して「一榮一落」の註釋は省略する。

時の變改でサアギスの件を片づけて、さて考へて見ると、どうも一言云つてもよささうである。さつきは訓示をことわつたが、當日驛の職員に所見を云つて聞かせようと思ひ立つた。

訓示の腹案が出來たので、翌くる日國鐵の中村君に電話をかけた。

訓示を與へる事にしたから、東鐵のこなひだ來た係の兩君に傳へておいて下さい。

それは、早速傳へますが、よろこぶでせう、と彼が云つた。

しかし彼等は、私が何を云はうとしてゐるかは知らない。又決して事前に知らしてはいけない。

二三日後に、矢張り鐵道八十周年に關聯した會があつて出掛けた時、同席者は直接國鐵にも東鐵にも關係ない顏振れだつたから、その席上で訓示の腹案を話した。それでいい事を敎はつた。當日は新聞記者が來て、草稿を寫させろと云ふに違ひないから、豫め謄寫版に刷つて、何通か用意して行かれた方がいいでせう。だから翌日私は腹案を紙に書いた。これを刷らせるには、國鐵の私の知つた課へ頼めば一番簡單である。しかし、國鐵はその筋である。機密が漏洩する恐れがないとは云へない。若《し》かず、丸で關係のない法政大學を煩はすには、と考へて頼んだ。ぢきにカアボン複寫の訓示が何枚も出來て來た。

三

第三列車「はと」は、私の一番好きな汽車である。不思議な御緣で名譽驛長を拜命し、そのみづみづしい發車を私が相圖する事になつた。汽車好きの私としては、誠に本懷の至りであるが、さうして初めに、一寸微かに動き、見る見る速くなつて、あのいきな編成の最後の展望車が、歩廊の緣《ふち》をすつ、すつと辷る樣に遠のいて行くのを、歩廊の端に靴の爪先を揃へて、便便と見送つてゐられるものだらうか。

名譽驛長であらうと、八十周年であらうと、そんな、みじめな思ひをする事を私は好まない。

發車の瞬間に、展望車のデッキに乗り込んで、行つてしまはう、と決心した。

動き出した列車に乗つてはいけない。いけないと云はれる迄もなく、私なぞが下手な眞似をすれば、あぶない。しかしあぶないのは列車の中腹であつて、展望車は最後部についてゐるから、その後部のデッキにつかまるなら、大した事はない。しくじつて辷つてころんでも人に笑はれる位の事で濟むだらう。あぶない事をしてはいけないし、するつもりもないが、まだ發車しない前から事が洩れては困る。だからその大切な瞬間を捕へなければならない。

默つて汽車に乗つて、一等車に陣取る事がいいか、惡いか。それはもう八十年掛けて考へて見てもいい。打合はせに來た諸君の話しでは、名譽驛長の私はその發車の後、三四時間の間、何の用事もない。驛長室にゐて人の話し相手になつたり、ステーションホテルで休んだり、一たん家へ歸つて來たり、そんな事は丸で意味がない。その暇な時間で熱海へ行つて來よう。勿論熱海に用事はなく、興味もないが、「はと」に乗つて行くと云ふ事がうれしい。行けば歸つて來なければならない。歸りも汽車である。四時過ぎに東京へ著くと云ふ話だから、長崎發の三十六列車、二三等編成の急行だらう。往きよりは汽車の格が下がるけれど、何しろ汽車に乘るのはうれしい。

それで十五日と云ふ日が、一層樂しく、待ち遠しくなつた。しかし驛長がその職場を放棄し、臨機に職權を擴張して、勝手な乘車勤務をすると云ふ事は、穩やかでないから、祕密を要する。訓示も差しさはりがあるから、祕密を要する。人に祕密で內所の事がある程、何でも面白い。

さうしてその日を待つてゐる內に、面白くない事が始まつた。二十何年來の持病が出て來たのである。神經性の結滯であつて、心配はないと云ふ事になつてゐるけれど、苦しい事は苦しい。もともと私は無病息災なぞと云ふ事を考へた事はない。一病息災で結構であつて、どうも無病より一病の方が、長持ちがするらしい。菩薩がいろんな姿で現はれる樣に私の一病も示現の形は幾通りもある。その一つが結滯であつて、たまに出て來ても、間もなく通り過ぎるのだが、今度は停滯して、一向に去らない。

段段にひどくなる樣で、十五日が心配になつて來た。いくら樂しみにしてゐても、病氣では仕方がない。しかし仕方がないで濟むのは私の話であつて、先方ではさうは行かないだらう。もし出られなかつた時の事を考へておかなければならない、と云ふ事を考へ出した。

國鐵の平山君に相談し、甘木先生の所へ頼みに云つて貰つた。幸ひにして承知して貰へるなら、東鐵としても東京驛としても、私が引き受けた以上によろこぶだらうと思つた。

お願ひの趣旨は、「さう云ふわけなのですが、運悪く持病が出て、或は當日出られないかも知れない。誠に申し譯ないお願ひですけれど、場合によつては私の代りに、引き受けて戴けないでせうか」と云ふのであつて、勿論私が東鐵に代つてそんな交渉をする筋はないが、豫め内意を伺つたのである。

平山君が歸つて來て、いい工合にお目に掛かれたが、先生は今度の催しを丸で御存知ないのです。一通り説明しましたけれど、自分は人に頼まれてそんなお芝居をするのはいやだと云はれました。

云はれて見れば御尤も。返す言葉も無かりけりで、私こそ汽車を眼の中に入れて走らせても痛くない程汽車が好きだから、よろこんで引き受けた様なものの、だれでも、さうだと云ふわけはない。私だつて汽車の事でなく、何か外の催しでそんな事を云つて來たら、矢張りことわつたに違ひない。甘木さんがことわつたからと云ふので、又だれか外の人を物色するなぞと云ふ事はよした方がよからうと考へた。

しかしさうなれば、矢張り私が約束通り出て行かなければならない。こんなに胸の中が苦しくて、一日の行事が勤まるだらうかと案じられる。假りにその場の病苦は我慢するとしても、抑も當日出掛けて行くと云ふ勇氣があるか、それが疑はしい。

連日來て戴いてゐる主治醫の博士に相談した。

博士曰く、毎日拜見してゐて、中中なほせないけれど、心配な症候は出てゐない。發作はお苦しいでせうけれども、大丈夫だから、いらつしやい。私がついて行つて上げますから。

それで勇氣百倍して、敢然その職に膺《あた》る決心をした。

しかし、ひどくなると矢張り苦しい。苦しいけれど、當日が樂しみである。どうせ、さうして出掛けるからには、あらかじめ考へた事は全部實行したい。その中に、特別急行列車發車の瞬間に於ける驛長脱出の件がある。私はさうして乘り込むとしても、主治醫の博士と一緒に行動するわけには行かない。しかし熱海往復の間も是非傍にゐて戴きたい。それには前以つて切符を買つておかなければならないので、少しく事が面倒になつて來た。

東鐵のその係に、當日主治醫の同行を願はなければならない事情を話せば、どうにかなるか知れないけれど、さうすると、その前提として、私が發車させた計りの汽車に乘らうとしてゐる事を打ち明ける事になる。飛んでもない話で、事は祕密を要する。だから博士は普通の乘客として乘らなければならない。その爲には切符がいる。

そこで祕密の一端を、少くとも國鐵の平山君迄は洩らさなければならない羽目になつた。嚴に口どめをした上で、事の由を話し、當日の切符を買つてくれる樣に賴んだ。

隨分苦心した樣で、滿員賣切れだと云はれたのを更に調べて貰つて、熱海驛から乘車するお客の席がある事が解つた。だからその一席だけ東京熱海間は空いてゐる。それを博士の席として買ふ事が出來ましたと話した。展望車には座席番號のない長椅子もあるが、切符を買つて乘るとなると、さう云ふ風に六づかしくなる。

それで切符もととのつた。

當日の前晩、制服制帽を屆けて來た。一寸身に合はして著て見たが、丸で氣違ひ沙汰である。

しかし止むを得ない。

四

加減が惡くなつたので、前の晩から出掛けてステーションホテルに泊まる事はよした。

當日の朝、先著の主治醫が待つてゐるところへ、迎への車が來た。私ももう支度が出來てゐる。

支度をしかけて、あわてたのは、昨日身に合はして見た時に氣がつかなかつた事がある。ずぼんにずぼん釣りを掛ける釦《ボタン》がついてゐない。

から云ふ事にも、時は變改する。今時《いまどき》ずぼん釣りなぞする者は滅多にゐないのだらう。ゐれば已《すで》にぢぢいの域に達した年配の紳士ばかりだらうと思ふ。しかし私なぞは、中學生の時からずぼん釣りをしてゐる。私だけの話でなく、だれでもみんなずぼん釣りをしてゐた。だから、私がぢぢいになつたからずぼん釣りをしてゐるのでなく、ずぼん釣りをした少年が、年が經つて、その儘ぢぢいになつた。それで今でも矢つ張りずぼん釣りをしないと工合が惡い。バンドだけでは、ずり落ちる。

中學生の時から、ずぼん釣りをしたと云ふのは、洋服を著たからである。しかし小學校の時はさうでない。話しが脇道《わきみち》へ外《そ》れるのは、よくない癖だと思ふけれど、すでにこれで第四回に達した燕燕訓の仕來《しきた》りだから、御勘辯を願ひたい。

洋服と云ふのは、つまり制服であつて、曉星の子供なぞ小學校から制服を著てゐるが、私の小學校は、尋常小學校では前垂れを掛けて行つた。高等小學校になつてから、袴を穿く事になり、その恰好で木銃をかついで、兵式體操をした。行軍の時はランドセルを背負ひ、みんなのは縁に卷いた毛布が赤いが、押後《あふご》に出る幹部のは青く、小隊長のは黑い。黑いランドセルの小隊長は、袴の上から腰に指揮刀をぶら下げ、白い手套をはめた。その出で立ちで隊伍をととのへ、歩武堂堂と招魂社へ參拜へ行く時なぞ、威風四隣を拂ふの概があつた。歩調に合はして、歌を歌ふ。

　銃と名譽をになひつつ
　かへる都の春景色
　柳櫻もうららかに
　喇叭《ラッパ》の聲の勇しき

「銃と名譽をになひつつ」銃は解つてゐるが名譽と云ふものを知らなかつた。「銃とメーヨーになひつつ」と云ふのだから、どちらも擔つてゐるのだから、メーヨーと云ふのは、背中に背負つてゐるあれだらうと思つた。高等小學に上がる前、道ばたでその行進を見て、さう思ひ込み、隨分後まで、背嚢、ランドセルをメーヨーと云ふ物だときめてゐた。

脇道ついでに、その筋でもう少し先まで行きたい。

鐵道唱歌の第三節。

窓より近く品川の
臺場も見えて波白く
海のあなたに薄霞む
山は上總か房州か

三行目の「薄霞む」は「うすがすむ」だから、臼《うす》が住むのだらう。猿蟹合戰の鴨居《かもゐ》の上から、猿の背中へ落ちて來る石臼が、海の向うに見えるあの山の中に住んでゐると云ふ事を歌つたものだらうと云ふ一説を、昔、子供の文章雜誌「赤い鳥」を出してゐた鈴木三重吉さんから敎はつた。

もう元へ戻る。天神樣道眞公も知らなかつた「時の變改」で、東鐵から屆けて來た驛長の制服のずぼんには、ずぼん釣りの釦《ボタン》がついてゐない。その儘では腰のまはりがずれさうで、不安で、職務の遂行に差し支へる。大急ぎで、家内にいろいろ寄せ集めの釦《ボタン》を縫ひつけて貰つた。

金筋の制帽もかぶつた。

さて出掛けよう。

一足玄關を出ると、迎へに來た二三君がすぐに寫眞を取つた。それが皮切りでその日の内に、何十枚寫眞を取られたか解らない。ただの寫眞だけでなく、活動寫眞もある。祖母は寫眞を寫すと壽命が薄くなると云つて嫌つたが、今日は鐵道のおつき合ひで、どの位私の壽命が薄くなつたか、量り知る事が出來ない。

私の家の門内に自動車は這入れない。往來に出て、待つてゐる車に近づく時、邊りを見廻して用心した。近くに犬がゐたら吠えるだらう。氣が立つてゐたら嚙みつくかも知れない。

五

東京驛に著いて、本物の驛長や助役に迎へられた。

驛長室に這入つて行くと、新聞記者が大勢ゐる。

私に辭令を渡す手筈の東鐵局長がまだ來てゐない。

それを待つ間に、インタアギウをすると云ふ。

「驛長に就任されて、どう云ふ事をやらうと思ひますか」

「部下を肅清する」

別の記者が聞いた。「驛長はどう云ふ方針で職務を遂行されますか」

「身命を賭してやる」

冗談ではない。出掛ける前からのどさくさと、今朝がいつもより大變早いから、恐ろしく寢不足で、連日の結滯が一層ひどい。胸の中が面白くない。

今度は、燐寸箱の大きい位な四角い物を持つて、後についた紐を伸ばして引つ張つて、私の口の傍へ持つて來た。

それは何だと云ふと、錄音ニユウスのインタアギウだと云ふ。私は今までラヂオはみんなことわつて、一度も應じた事はないが、ニユウスとして取らうと云ふの迄ことわる筋はないだらう。それで觀念した。

「よく云はれる事ですが、東海道線や山陽線の様な幹線の列車は、設備もよくサアギスも行き届いてゐる。然るに一たび田舎の岐線などとなると、それは丸でひどいものです。同じ國鐵でありながら、こんな不公平な事つてないでせう。さう云ふのが一般の輿論です。これに就いて驛長さんはどう思ひますか」

「表通《おもてどほり》が立派で、裏道はさう行かない。當り前の事でせう」

「それでは驛長さんは、今の儘でいいと云はれるのですか」

「いいにも、惡いにも、そんな事を論じたつて仕様がない。都會の家は立派で、田舎の百姓家はひなびてゐる。銀座の道は晩になつても明かるいが、田舍の道は暗い。普通の話であつて、表筋を走る汽車が立派であり、田舎へ行くとむさくるしかつたり、ひなびたり、いいも惡いもないぢやありませんか」

感心したのか、愛想を盡かしたのか、四角い物を持つて、向うへ行つてしまつた。

東鐵の局長が來た。寫眞を取る諸君に都合のいい位置について、卒業證書の様な大きな辭令を受けた。寫眞を取るのは本職の新聞關係だけではない。素人やもぐりや、いろんなのがゐるらしい。だから餘つ程私の壽命はすりへつた。

さて、それで公然と名譽驛長になつた。

驛長室の驛長卓の前側に、驛の主任と云ふのか係長と云ふのか、大體その見當の主だつた職員が二列三列に列んだのは、私の訓示を聽く爲である。

椅子から起ち上がり、驛長卓のこちら側から、諸君の敬禮を受けた。

訓示

命ニ依リ。本日著任ス。

部下ノ諸職員ハ。鐵道精神ノ本義ニ徹シ。眼中貨物旅客無ク。一意ソノ本分ヲ盡クシ。以ツテ規律ニ服スルヲ要ス。

規律ノ爲ニハ。千噸ノ貨物ヲ雨ザラシニシ。百人ノ旅客ヲ轢殺スルモ差間ヘナイ。

本驛ニ於ケル貨物トハ厄介荷物ノ集積デアリ。旅客ハ一所ニ落チツイテヰラレナイ馬鹿ノ群衆デアル。

職員ガコノ事ヲ辦《ワキマ》ヘズ。鐵道精神ヲ逸脱シテ。サアギスニ走リ。ソノ枝葉末節ニ拘泥シ。コレヲコレ勤メテ以ツテ足レリトスル如キアラバ。鐵道八十年ノ歴史ハ。

倏忽《シュクコツ》ニシテ。鐵路ノ錆ト化スルデアラウ。

抑モサアギスノ事タル。已ニ泰西ノ强國ニアリテハ。カクノ如キヲ顧ル者ナク。人民ナル旅客ガコレヲ期待スルハ。分ヲ知ラザルノ甚ダシイモノデアル。愚圖愚圖申スヤカラハ。汽車ニ乘セテヤラナクテモヨロシイ。

コノ理想ヲ實現セシムル爲。本職ハ身ヲ挺《ヌキン》デテソノ職ニ膺《アタ》ラントス。部下ノ諸職員ニシテ。勤務不勉勵ナル者アラバ。秋霜烈日。寸毫モ假借スル所ナク。直ニ處斷スル。

諸子ハ驛長ノ意圖スル所ニ從ヒ。粉骨碎身。苟《イヤシク》モ規律ニ戻ル如キ事ガアツテハナラン。

驛長ノ指示ニ背ク者ハ。八十年ノ功績アリトモ。明日馘首《クワクシュ》スル。

鐵道八十年十月十五日

東京驛名譽驛長　從五位　内田榮造

從五位は本當である。昔官立學校の先生をしてゐたから貰つたが、別に使ひ途はない。ただかう云ふ時の爲にしまつておいた。

訓示の最後の「明日馘首」するは、「卽日馘首」の誤りではない。明日になれば、私は驛長室にゐない。

六

本物の驛長、主席助役等とぐるぐる歩き廻り、つまり構内を巡察してホームに上がり、今發車しようとしてゐる米原行列車の窓際に起つた。だれかがそこに起つてくれと云つたからさうした。時計を出して時間を見てゐろと云ふ。時計はさつき來た時、驛長や車掌なぞがだれでも持つてゐる、無闇に長い鎖のついた懷中時計を貸してくれたから、それをずぼんのポケットに入れて持つてゐる。ポケットから引き出して、時間を見た。今度はその指圖をする男が、開いてゐる窓から中の乘客を指し、あの人と何か話してくれと云ふ。何を話すのだと聞くと、何でもいいけれど、例へば汽車にお乘りになつて、車內の設備はどうだとか、どこへ行くかとか、そんな事でいいのですと云ふ。

知らない人に口を利くのもいやだし、何しろ面倒臭くなつたから、勝手に歩き出したら、あきらめたらしい。例の口の傍に持つて來る四角い物を持つてゐた樣であつた。

一つ氣に掛かる事がある。その事に早く氣がついて、よかつたと思ふ。展望車の窓は大きい。中から外がよく眺められる様になつてゐるのだが、停車してぢつとしてゐれば、外からも中がよく見える。

主治醫の博士は私と一緒に來て、今まで一緒に驛長室にゐたから、又驛の主な人には御紹介もしたから、人人は顏を知つてゐる。私の友人も面白がつて大勢來てゐる。その中には博士と顏見知りなのも、もつと懇意なのもゐる。

「はと」の發車前、私が相圖をする爲に歩廊に起つてゐる時、私の主治醫が展望車の中にゐるのを人が見つけたら隨分をかしい。

博士は普通の乘客として、切符にパンチを受けて乘車するのだから、ほつておけば自然にさう云ふ順序でさう云ふ結果になる。つまり人に見つかる。展望車の窓は大きい。中にゐる人の數は少い。どうしても露見する。

切符を買つた因緣で、平山君に相談した。

「發車の瞬間、僕が乘車する迄は、博士を隱しておかなければいけないのだ」

「何とかなりませう」

「大丈夫かね」

「大丈夫です。僕は要領がいいですから」

ほんとかねと云はうとしたが、怒るといけないからよして、その一言は結滞する胸の中へしまひ込んだ。

だから私が驛長や助役と歩き廻つた仕舞の時分には、博士は一緒ではなかつた。しかしそんな事にはだれも氣がつかない。博士の姿が見えなくなつたから、名譽驛長は脱出するのではないかと云ふ明察神の如き推理をする名探偵は、東鐵や東京驛にはゐないだらう。

もとの皇族通路だつた地下道の絨《じゆう》氈《たん》を蹈んで行き、八重州口にも出て、いやになる程、方方を視察した。

それから、いよいよ第三列車が發車する十番線の五番ホームへ上がつて行つた。

もう列車は這入つてゐる。

舞踊の西崎緑さんが名譽機關士として、機關車に乘り込んでゐるから、そこへ行かうと云ふので行つて見た。

女の癖に機關士の服裝をして、變な工合だと思ひかけたが、戰爭の時には女車掌がゐたから、をかしく思ふのを止めた。握手しろと云ふから握手した。又時計を見てくれと云ふから見た。一一寫眞を取る爲で、うるさくて仕樣がない。その場を離れて、後部の方へ歩いて行つた。

竝んで歩いてゐる本物の驛長に尋ねた。

「驛長さんは、ふだん、どの邊の位置でこの列車の發車を相圖なさるのですか」

「大概眞中あたりで見送つてゐます」

それでは困る。私には都合が惡い。

「僕はもつと後部にゐようと思ふのです」

「結構です。それでは展望車のあたりへ行きませう」

ぞろぞろ大勢ついて來る。みんな寫眞機を持つてゐる。中には見馴れない恰好の道具もある。小さなフライパンか胡麻焙《ごまはう》じの樣で柄がついてゐる。活動寫眞だらうと思ふ。玄人の仕事の關係は仕方がないとして、さうでない素人がどうしてあんなに寫眞が取りたいか、よく解らないが、興味があつて見た物を、その場だけで消えさせないで、再現させると云ふつもりなのだらう。繪を描くには手間が掛かり、下手では出來ない。寫眞ならどこかを押すか引つ張るかすれば濟む。さうでもないか知れないが、繪よりは手つ取り早い。それで思ふに、さう云ふ情景を繪でなく文章で再現したい、しかし書き綴るのは面倒であり、下手ではうまく行かない。寫眞の様にカチカチとどこかで音をさせると、その時の事が文章になつて殘り、後で現像すれば名文が出來上がると云ふ機械はまだ賣つてゐないのだらうか。
展望車の前を通る時、廣い窓から車内を見たが、博士の姿はない。もうとつくに乘つてゐる筈である。要領のいい平山君が、要領よく事を運んでくれたのだらう。

七

展望車の後部のデッキに近く起つて、私は頻りに懷中時計を見た。驛長の眞似をしてゐるのではない。寫眞に取られる爲でもない。本氣に針の進むのを氣にした。默つて行つてしまふわけには行かない。みんなが私を取り巻き、私と一緒にゐるのだから、その中を脱出するには、一言何とか挨拶を殘さなければならないだらう。しかし人と二こと三こと口を利く間にも時間は過ぎる。それを計算に入れて、餘り早くからさう云つた爲に邪魔が這入らぬ樣、遲過ぎて話してゐる内に汽車が出てしまはぬ樣、中中六づかしい。

云ひ出すのは、だれにしようかと思ふ。直接の責任のある本物の驛長に、さう云ふ無茶な話を持ち掛けるのは不穩當である。主席助役もゐるけれど、立ち場は驛長と同じである。今日の催しに就き最初の交渉に來た東鐵の中島君がそこにゐる。

發車前二分になつた。

中島君は、私の起つた所から離れてゐると云ふ程の事はないが、間に人が五六人ゐる。相圖をして傍へ來て貰つた。

「中島さん、僕はこの汽車が大好きなのです。今もう直ぐ動き出すでせう。動いて行つてしまふのを見てゐるのは私はいやだから」

邊りががやがやして、後の方から人を押しのけて前に出て來る者があつたりして、私の云ふ事がよく聞き取れないらしい。

「僕は便便としてこの列車の發車を見てゐるのはいやだから、乘つて行きますよ」

やつと呑み込めて、後へ振り向き、驛長その他の人がゐるかたまりに向かつて、大きな聲で、名譽驛長がこの汽車に乘つて行つてしまふと云ふのですと告げた。

發車のベルはもう鳴つてゐる。

わいわい云つてゐる人人の聲を後にして、私は展望車のデッキに上がつた。發車にはまだ二三十秒ある。しかし動き出した列車に、ひらりと乗る樣な藝當はよした方がいいだらうと思つて居直り、發車寸前に乘車したのである。

群衆と云ふ程の事もないが、大分大勢ゐる。そちらへ向かつて、中島君が、名譽驛長は職場を放擲《ほうてき》して行くと云ふのです。皆さんどう思ひますかと云つた。

後の方から、贊成、贊成と云ふ聲がした。しかしそれは私のさくらではない。

デッキから驛長の方を向き直り、擧手して挨拶した。「熱海驛の施設を視察してまゐります」

もう汽車は動き出してゐる。

驛長が傍の者に、「おい熱海へ聯絡しておかないといけないよ」と云つた聲が聞こえた。

動き出したデッキから、皆さんに敬禮して車内へ這入つた。大分離れたのに、わいわい云つてる聲や、手をたたく音がまだ聞こえた。

私が這入つて行くと同時に、向うの廊下から、老ボイの案内で博士が這入つて來た。

「どこにいらつしやいました」

「ボイさんの部屋に隱れてました」

「それはそれは。どうも相濟まん事でした」
發車十分前に平山君の誘導で乘車し、平山君が一等車のボイに話してくれて、ボイ室を借りたのださうである。ボイ室と云ふのは、公衆電話のボクスよりまだ狹い。今日は少し暖か過ぎる位の陽氣だつたのに、ボイ室の窓がホーム側についてゐるから開ける事も出來ず、むしむしして額が汗ばんださうである。

新橋と云ふ驛は、もともと無かつたかと思ふ程に簡單に通過し、ホームの暗い品川も暗い陰を踏んだ樣に通り過ぎ、次第に非常に速くなつて、横濱に著いた。横濱の今日の名譽驛長は今日出海さんである。今さんにはまだ會つた事がないから、顏は知らないが、こんな恰好をしてゐれば解る筈だと思つて、デッキに出て見たけれど、ゐない。

一分停車だからすぐに發車し、丁度列車の全長だけ走つた所で、だからもう大分速くなつた時に、停車した時の機關車がゐたと思はれる見當の歩廊に、人影がかたまつてゐた。デッキに一緒に出てゐた松井翠聲名譽車掌が、ゐましたよ、ゐましたよ。矢つ張り西崎線機關士を構ひに、そつちの方へ行つたんですねと云つた。

辻堂、茅ヶ崎あたりからの直線線路で本格の特別急行らしい速さになり、結滯でもつれた胸の中が眞直ぐになる思ひがした。

國府津を過ぎ、酒匂川鐵橋を渡つてから、又非常な速さになり、線路の兩側の物が、何もかも皆、棒になつて列ぶ樣である。デッキに出てゐて鐵柱につかまつた手が離せない。時雨雲から、雨がはらはら降つて來た。少し濡れるけれど、構はずに起つてゐた。餘り速いので、この列車が雲をよび、雨をよんでゐるのだと云ふ氣がする。

その勢ひで鴨宮の驛を通過した。ホームに出た驛長が、步廊の端に靴の爪先を揃へて見送つてゐる。驛長にもまばらな雨が降り掛かつてゐる。

デッキに起つて、横なぐりの雨に叩かれながら、遠のいて行く驛長の姿を見てゐる内に、「あ、しまつた」と思つた。私はこの列車を發車させるのを忘れて、乘つて來た。

——燕燕訓ノ四——

にせ車掌の記

阿川弘之

私はかねがね、一度列車の専務車掌に化けてみたいと思っていた。いわゆる一日車掌とか一日駅長とかいう名誉職ではなく、実際に乗務をして、検札のパンチを持つ乗客専務としての仕事をしてみたかった。それが『旅』の編集部のすすめで実現することになった。私はうれしくて何人かの人に話したが、するとみんなはゲラゲラ笑う。どうして笑うのだろう。誰でも子供の時には、電車や汽車の車掌さんになってみたかったことがあるにちがいない。その夢を三十何年持ちつづけているのは、やはりおかしいだろうか。それから私は、

「明日ちょっと関西へ行って来ます。」

「へえ。何の用で？」

「いや、すぐ帰って来るんだ。」としか言わないことにした。東京駅へ見送りに行ってやるという連中には、真っ平《まぴら》お断りして、乗る列車も教えないようにした。東京駅頭でゲラゲラ笑われては、乗客専務の威厳にかかわる。

しかし化けるということは、何とたのしいことであろう、——殊に自分の好きなものに化けるのは。かくれみのの話や、狸や狐の化ける話は、昔の人が化けるたのしさを夢に托したものにちがいないと私は思う。前にも書いたが、職場でも学校でも笑われるのが落ちだから、みんな大ッぴらには云わないのだろうが、鉄道に趣味を持っている大人の数というものは意外に多いのである。それは月々の交通公社の時刻表の投書欄を見ればよくわかる。この人たちは、私が車掌に化けて神戸まで行って来たことを決して笑わないだろう。私は、私のにせ車掌の報告記を、この人たちに捧げたい。鉄道に趣味を持つのがおかしければ、切手を蒐《しゅう》集《しゅう》したり、時計に興味を持ったりするのだって、やっぱりおかしい。諸君、そうではないか。

ただ、国鉄としては結構なことだろうが、私として少々残念なことに、私の乗務した列車は、その日、盗難もなく病人もなく、不正乗車というべきものも、乱暴な客もおらず、要するに太平無事で、時刻表通り一件の事故もなく終着駅にすべり込んで、そのため私はあまり面白い報告の記事は書けそうもない。本物の専務のKさんも、

「こんな無事な乗務はめったにありません。」と云っていた。

列車は、七月某日二十時三十分東京発の十三列車「銀河」。編成は御承知のように前から「スニ三〇の七五」「マイネ四〇の一七」「マイネ四一の九」（一等から格下げになった二等寝台車は未だマイネの記号のまま黄帯を巻いていた）、それから「スロネ三〇の二」、「スロ五四の一一」「スロ五四の四七」「オロ四二の一」（これは例の新しく出来た普通二等車で蛍光灯がついていて、特別二等車に劣らない美しい車で、私は初めて見た）そのあとに「スハ四三」が「四七七」号車から順番に「四八一」号車までついていて、最後尾が「スハフ四二の二六〇」、十二輛の編成である。「銀河」は東海道線の夜行の花形列車で、昔の十七列車十八列車にあたるもので、この列車に乗りつけている客は、だんだん常連になって、他の列車には乗らないという人が多いそうである。そのかわり、

「東北線の三等車に扇風機が四つついているのに、どうして『銀河』に二つしかついていないのか?」などという苦情を出す客もあって、この日は三等車にも各車輛四箇ずつ扇風機が廻っていた。

夕方五時半、東京駅降車口の上にある東京車掌区に出勤する。区長のN氏の部屋で、本物専務のKさんに引き合わされ、麻の開襟の上着と、赤い「乗客専務」の腕章と、

紺のズボンと、それから麻の日覆のついた国鉄職員の帽子を身につける。何とか云っても、鏡に向うと、さすがに少々照れくさかった。軍隊から帰って十年ぶりで、制服というものを着た。しかし、この服装は、今までの車掌の服装とは段ちがいに気のきいたもので、東海道線の特急と、「銀河」その他特定の幾つかの列車の専務以外は、未だ着せられていない。それから、時間になって助役のところへ行って「敬礼」をして、放送室のカギを受け取り、注意事項をきき、鞄を持って東京駅十一番線に上る。私の鞄の中には洗面道具の他は格別何も入っていないが、Kさんの鞄には、車内発行の補充券や、色々な料金表、粁程表、パンチ、鉛筆、時刻表、カギ、救急薬などが一杯につまっている。そして十一番線の外側に停っている、先程九州から到着した「きりしま」に乗り込む。これで品川の操車場まで行って「銀河」に乗るのだ。その日の二十時十五分発の一〇〇五列車「早鞆《はやとも》」に乗る専務さんと同道であった。廻送の「きりしま」は動き出した。私は前の晩からおぼえこんできた「銀河」の各停車駅の到着時刻と、停車時間と、到着フォームが右か左かということを、もう一度くりかえして暗誦する。

「えーと、浜松着一時十九分、二十五分の発車。名古屋到着三時二十一分、九分間停

車。……」何しろ、もし不都合があって、朝日新聞の「もの申す」欄などに車掌の悪口など出されては大変だから、私は懸命であった。

Ｋ専務はボーイ時代から、三十七年間この仕事をやってきたという人で、東京車掌区にいる十四人のＡクラスの専務車掌の一人である。すべてを心得ていて、何の危な気もない。こういう人でも、しかし私用で旅行する時、二等に乗れるようになったのは、——つまり二等パスが出るようになったのは、ごく最近のことだそうだ。国鉄には踏切番や保線工夫や、工機部の工員や、機関士や、下積みで黙々と働いている人が沢山いるが、やはり東大法科出万能で、実際に列車電車を動かしている人は、あまり厚くは報いられていないらしい。三十二号俸から二等パスという規定があって、ところがその人員が多くなって来ると、規定は三十五号俸から、二等パスということに変えられ、運の悪い人はいつまで追っかけていても「あこがれ」の二等パスにはならないと、こぼしている人があった。

品川操車場には、その晩出る急行列車が、綺麗に洗われて、幾本も並んでいる。私たちは「銀河」に乗り込む。五人のボーイたちはもう乗っていて、寝台を作ったり、暗がりの中で夕食をしたりしていた。Ｋさんについて、電灯のスウィッチをひねりながら、客車の中を廻る。Kさんは洗面所の水や水石鹼の具合や、便所や灰皿の整備状況を見て歩く。船でいえば事務長で、なかなか権威があるらしい。ボーイたちとKさんの間では、先頃出たボーナスの話もはずんだりしていた。元の一等寝台車では冷房装置が動き始める。間もなく電気機関車がつく。乗客のリストを見ると、以前からの二等寝台、現在の「ロネのC」は相当に客があるが、一等寝台の格下げになった「ロネのA」「ロネのB」の方はごく僅かしか乗り手がない。今までの暑くるしい狭い二等寝台の下段を取るのと、冷房装置のあるB室の上段を取るのとでは、料金は僅かに百二十円しかちがわないのだが、七月一日からこうなったばかりで、未だ人がよく知らないらしいということであった。上りはしかし、相当に混んでいるという。大阪の人間はこういうことはすべて早いそうだ。大阪から東京へ来れば、また大阪へ帰るはずで、変な話だが、やはり上りの方が、この気持のいい二等寝台の利用者が、不思議と多いのだそうだ。

新橋で荷物車に荷物を積み込んで、東京駅十四番線へ、八時ちょっと過ぎに到着する。私はフォームへ下りる。途端に忙しくなった。

「四号車というとどこかネ?」

「こちらでございます。」

「君、八時十五分発一〇〇五列車というのは、これじゃないネ?」

「ちがいます。」

「どこから出る?」

「向うのフォームです。」

「向うってどこだ?」

「えーと、あいつは何番線だったかな。」化けの皮がちょっとはげそうになったが、何とかごまかす。

「車掌さん、電報を打って下さい。」

「えー、この列車は八時以後の出発ですので、普通報ですと、明朝八時以後の配達になりまして、大阪市内は、お着きになるのと、ほとんど同じになりますが、どうなさいます。至急報になさいますか?」

「ははあ、そうかネ。じゃあ急報にしてもらおう。」

「千円おあずかりします。」私はフォームの電報受付へすッ飛んで行く。こんなことをしている間に思ったのだが、何しろこちらは新米だから、一生懸命親切にしているけれども、その親切に対して「ありがとう」という言葉はめったに聞かれない。「ふうん」とか「あー」とかいう声と一緒に、無意味な薄笑いをうかべるという人が存外に多い。学生や若い女性の視線は相当専務車掌に集中して来る。平素旅行のとき、絶えてこういう視線にぶつかったことがないところからすると、これはやはりユニフォームに対する興味らしかった。

八時半、定時に「銀河」は発車した。その前に、飲料水の中には、消毒薬の錠剤が二つずつ砕いて、投入されていた。飲料水のコップや、ひどいのになると真鍮の痰壺を持って行く客があるという話も聞いた。

品川発車二十時四十二分。そのあと放送室から到着駅の案内を放送して、それから検札である。寝台車の客はもう浴衣に着更えて寝支度を始めているので、寝台は除いて、特別二等車から始める。

「ご面倒様でございます。乗車券並びに急行券を拝見させていただきます」――これはKさんがいう。私はKさんのあとにくっついて、帽子を取り、またそれをかぶって、切符を見て歩く。昔は神戸行の急行が多く、「つばめ」も「かもめ」も神戸止りだったが、今は神戸終着の急行は「銀河」だけで、やはり神戸までの客が多かった。三等車に家族づれの人で、清水までの切符を持っている人があった。「銀河」は清水には止まらない。急行券は持っていない。K専務は親切に事情をきいて、結局このあとの大阪行の普通列車に乗るより仕方がないから、小田原で駅員に引きついであげるから、普通に乗りかえるようにと教え、小田原ではそのことを駅の人に話していた。朝鮮人らしい人で、松山まで通しで行くという人がある。これも、あとの二十一列車「安《あ》芸《き》」か、二十三列車「せと」に乗った方が都合がいい。急行券は本当は一回かぎりしか通用しないのだが、この人にも、乗りかえるなら乗りかえを認めるからと、すすめていた。検札に約一時間かかる。特別二等車には、寝台から来て連れと話し込んでいる、何だか見たような顔の人がいて、あとで河上丈太郎氏と教えられた。国会議員のパスは河上氏の他にも大分見うけられた。私は誰か知人に会うとちょっと閉口だと思っていたが、幸い誰にも会わなかった。

「紀勢西線への連絡はどうなっていますか?」ときかれる。

「ちょっとお待ち下さい。すぐ調べて参ります。」私は自分の荷物を置いてあるところへ飛んで帰り、「紀勢西線、紀勢西線……」と大あわてで調べて、それから詳しく説明しに行ったら、そのお客は喜んでいた。白浜へ行くというので、八時一分天王寺発の白浜口行にはちょっと無理だろうと思うので、八時二十分天王寺発和歌山行の特急電車があるはずだから、それを利用して、東和歌山で、天王寺八時一分発の列車に追いつくのがいいでしょうと、しかし自信がないから、「なお、天王寺の駅で係員によくおたずね下さい。」と云っておく。

熱海、沼津、静岡。時間の経つのがおそろしく早い。長年つとめたボーイや車掌は、カーヴの感触、鉄橋を渡る音、ちらりと見える景色でも、いまどこを走っているかということがすぐ分るそうである。

ひどく咽《のど》がかわいて、停車する度に、私は生ビールのスタンドが気になって仕方がないが、専務がフォームでビールの立ち飲みをしているわけにはゆかないので、我慢した。夜更けになったら飲んでやろうと思っていたが、三等車の客たちは夜中でも駅につくと、半分ぐらいは眼をさまして、外を眺めているので、どうにもならなかった。発車すると私は、デッキに立って、フォームを過ぎて行く助役や駅員に敬礼したり、されたり。向うはしかし、「ハテあんまり見かけない専務だが――」というような、不思議そうな顔をしているのもあった。

空いている寝台でK専務やボーイたちとしばらく話をする。この列車には今日は一人も乗っていないが、アメリカ兵の柄の悪いのには閉口するような話であった。殊に占領時代はひどかったらしい。また、先日新聞を騒がせた、大部屋女優の売春問題では、実際に自分の眼で見たところから推して、大分NHKの肩を持ちたいような口振りでもあった。

それからまた、私は車内を巡廻する。途中から乗った人に、急行券や電報を頼まれる。通路に坐っているのは、人が二人分の席を占めて寝ていても起せない気の弱い連中だ。一応たずねてから、席を作ってあげる。電報は発着信ともいちいち記録を取らねばならない。

浜松を過ぎて、Kさんと共にちょっと仮眠する。名古屋で起きて、岐阜でまた起きて、それから私は京都が近くなるまでぐっすり寝てしまった。京都の手前では、大津山崎間の定期で「銀河」に乗っている小柄な男がつかまって、K専務に少々油をしぼられていた。

「いつからこれをやってるんだ？」

「これどすか？　初めてやがな。無茶云わんといて。改札で注意してくれへんもん。」

「改札じゃあ、そりゃいちいち注意はしないよ。今日は勘弁してあげますが、これからは駄目ですよ。」こうなるとお客様と係員の立場並びに態度は逆転する。

京都着六時四十五分、私がフォームに出ていると、

「天の橋立に行くのには？」と聞く人があった。

「十分のお待ち合せで、宮津線回り城の崎行がございます」まではよかったが、それがどのフォームから出るか分らず、またボロを出しかけた。一人中年の紳士で、「車掌さん、御苦労さんでした。」と頭を下げて行く人があった。にせ車掌といえども、やはり悪い気はしない。

大阪。寝台車の検札をして、外人が二人いるが、至極物静かで、何事もない。前夜三等車で日本人の娘と抱き合って寝ていたアメリカ兵も下りた。三の宮、それから神戸終着八時二十五分。「銀河」はそれから鷹取へ廻送になって、宮原操車区に入り、その晩の「銀河」十四列車になってまた東京へ帰って来るのである。Kさんたちは宮原で事務を済ませて三、四時間眠って、またその晩の勤務につくのであるが、私は神戸で失礼し、自分の服に着かえて、その日の「はと」で帰って来た。平穏無事で、特別な事件は何もなかったが、たいへん面白かった。

（昭和三十年七月）

米坂線109列車

昭和20年

宮脇俊三

疎開先の新潟県岩船《いわふね》郡村上は城下町で、城址のある臥牛山《がぎゅうざん》の西麓《せいろく》に武家屋敷の残る村上本町《もとまち》、北麓には町人の住んだ村上町があった。現在は両町が合併して村上市になっているが、当時は士族と商人とは行政区分を異にして住んでいた。

古い家並の商人町を歩くと、ところどころに名産の堆朱《ついしゅ》塗《ぬ》りの店があり、丹念に漆を塗る姿が見られた。

北方には山形県にまたがる朝日山地が奥深く重なり、そこから流れ下った三面川《みおもてがわ》が町の北側をかすめて日本海へ注いでいた。この川はサケ遡行《そこう》の日本海側の南限で、清流のなかに捕獲用の柵が設けてあった。まだサケの季節ではないが、河原を歩くと、流れに網を投げてアユをとっている。すこし譲ってほしいと頼むと、快く分けてくれた。

村上は茶の産地で、茶畑と野菜畑とが町の西側に広がり、その先には日本海岸に沿って松をいただいた砂丘が南北につらなっていた。その砂丘の麓《ふもと》には、石油試掘中に噴湯したという瀬波《せなみ》温泉が湯けむりを上げており、旅館は傷痍《しょうい》軍人の保養所になっていたが、風呂は誰でも入れた。

空襲に明け暮れていた東京から来てみると、そこは別天地であった。すでにB29は新潟県にも現われるようになっていたから、ときに空襲警報が鳴り、町の人は緊張した面持ちで空を見上げたが、何事もなく警報は解除されるのであった。


私たち一家にあたえられた家は、士族町の一角の笠門《かさもん》を構えた古風で大きな建物であった。二階は大広間で、一階には小部屋がいくつもあり、四人で住むには大きすぎたが、一軒家に住めるとは疎開者として過分なことであった。

住みついて三、四日したある日のことであった。肥桶をかついだ野良着姿のおじさんが現われ、便所の汲取口を指さして何か言った。はじめ私は、便所の使い方が悪いと叱られたのかと思った。それにしては相手の物腰が鄭重なので、変だと思っていると、屎尿を汲ませてほしいというのである。汲ませてほしいどころか汲んでいただきたいのが東京の人間の考えるところである。東京では屎尿が溢れても汲取人が来てくれなくて困っていたのだ。

つい最近疎開して来たばかりで、まだ少量ですがよろしくお願いします、などと私は言った。野良着のおじさんは、柄杓《ひしゃく》を汲取口に差しこんで、西洋人がスプーンでスープをさらうように丁寧に汲み終えると、これからも来るからよろしく、という意味のことを言い、些少ながらと私の掌に一〇銭玉をのせて帰って行った。私は、臭うような一〇銭玉を眺めて、田舎に来たとの思いをかみしめた。

肝腎の食糧にも恵まれた。米は配給以外には手に入らなかったが、カボチャがいくらでも買えたので空腹を覚えることはなかった。

当初の予定では、疎開先での生活の目途がついたら私だけ東京へ戻るはずであった。ところが、村上についてまもなく、父から、絶対に東京に帰って来てはならぬとの速達が届いた。汽車に乗ると機銃掃射を受けるぞという意味のことが候文《そうろうぶん》で書いてあった。父ははじめから私を疎開させるつもりだったらしい。

そうはいかぬ、夜行で帰れば大丈夫だと思っていると、また父から候文が来た。それには艦載機が東北から北海道まで行っている、新潟の汽車も安心はならない、とあり、しかも、帰京せらるるとも貴殿に与うべき食糧無之候《これなくそうろう》、などと書いてあった。

父からの手紙は、洋行したときに何通かの絵ハガキをもらっていらい絶えてないことであった。私は村上を離れることができなくなった。

その間、B29は中小都市をしらみつぶしに焼いていた。新潟県でも長岡が八月一日に焼夷弾《しょういだん》攻撃を受けた。艦載機も連日のように来襲していた。北海道の鉄道さえ銃撃を受けた。青函《せいかん》連絡船が艦載機の集中攻撃を浴び、一一隻が沈没するというほぼ全滅に近い被害を受けたのは七月一四日であった。

大本営発表や各軍管区司令部の発表の内容も、それまでとは違ってきていた。「盲爆せり」とか「我方の被害極めて僅少なり」といった言葉は影をひそめ、「相当の被害を生じたり」というふうに変ってきた。

そうした発表をもとに「空襲日録」をつけていた私は、帯広、銚子、宇和島《うわじま》などさえ焼かれたのに、なぜ京都、広島、長崎が攻撃を免れているのか不思議でならなかった。アメリカ兵の捕虜収容所でもあるのかと思っていた。

八月七日の午後、大本営発表があった。

一、昨八月六日、広島市は敵B29少数機の攻撃により相当の被害を生じたり。

二、敵は右攻撃に新型爆弾を使用せるものの如きも詳細目下調査中なり。

その翌日から、ラジオは繰り返し「一機でも油断するな」と放送した。そして敵機が落下傘を投下した場合は新型爆弾かもしれぬから、敷布など白い布をかぶって地面に伏せよと告げた。それまでは「白」は敵機の眼につきやすいから着用するなと教えられていたのである。

その二日後、

「八月九日零時頃よりソ聯軍の一部は東部及西部満『ソ』國境を越え攻撃を開始又其の航空部隊の各少數機は同時頃より北滿及朝鮮北部の一部に分散來襲せり」

との大本営発表（八月九日午後五時）があった。ソ連が参戦したのである。

これでは日本海側のほうが危険ではないかと緊張した翌朝、父がひょっこり村上へやって来た。当時の時刻表を見ると、夜行列車は上野発21時30分の新潟行・秋田行併結の705列車（新津からは805列車）一本のみであるから、これで来たにちがいない。二等車があったし、坐れたからなと父は元気ぶっていたが、一ヵ月見ないうちにすこし痩せていた。父は六五歳になっていた。

母がいそいそと風呂を焚《た》きはじめると空襲警報が鳴った。あとで発表を聞くと、艦載機が新潟港や酒田港を銃撃したことがわかった。危いところだった。

父は山形県の大石田《おおいしだ》にある亜炭の炭鉱に行かねばならぬ用があり、その途次、回り道をして村上に立ち寄ったのであった。

大石田へ行くには、村上から羽越本線で海岸沿いに庄内平野の余目《あまるめ》まで行き、陸羽《りくう》西《さい》線で最上《もがみ》川沿いに新庄《しんじょう》へ抜け、奥羽本線に乗り継ぐのである。私にとっては未知の区間だから、たちまち行きたくなった。父は艦載機が毎日のように来ているから駄目だと言った。大事な用がある自分は弾丸《たま》に当って死んでも名誉の戦死だが、お前は犬死にだ、と半分冗談のようなことも言った。

けれども、けっきょく私は父について行くことになった。切符の入手は、炭鉱調査の助手という立派な名目があるので問題はなかった。


八月一二日の朝、父と私は村上から大石田へ向った。何時の汽車で出かけたかは覚えていないが、余目で三時間も待って14時何分かの陸羽西線に乗った記憶があるので、これをもとに昭和二〇年九月号の「時刻表」（六月一〇日改正のダイヤを掲載）によって逆算すると、村上発8時47分の秋田行で出発したことになる。この列車は上野発前夜

21時30分の夜行、つまり二日前に父が乗ってきた805列車である。

この列車が混んでいたかどうか覚えていない。空いていて思いがけず坐れたり、あるいは大混雑でデッキにぶら下ったり窓から乗ったりしたときは記憶に残りやすいから、おそらく、そのいずれでもなかったのであろう。二等車に乗ったはずだが、それも覚えていない。ただ、私たちの乗った車両の天井には、直径一センチぐらいの穴がいくつもあいていた。機銃掃射の跡である。斜めに撃たれたらしく、真上にある穴は暗かったが、向こうのほうの穴からは光がさしこんでいた。

二〇年九月号の時刻表によれば、この列車の余目着は11時05分、陸羽西線の新庄行は14時36分発となっており、余目で三時間余りも待ったという記憶と一致するから、列車はほぼ定刻に走っていたと思われる。

余目で下車した私たちは、駅の付近を歩いた。日照りつづきで道がまぶしかった。町はずれには庄内米の水田が開け、稲が穂を出していた。「色がわるいな、これでは四俵もいかんだろう」と父が言った。肥料が十分あれば一反で六俵は穫れるのだそうだ。

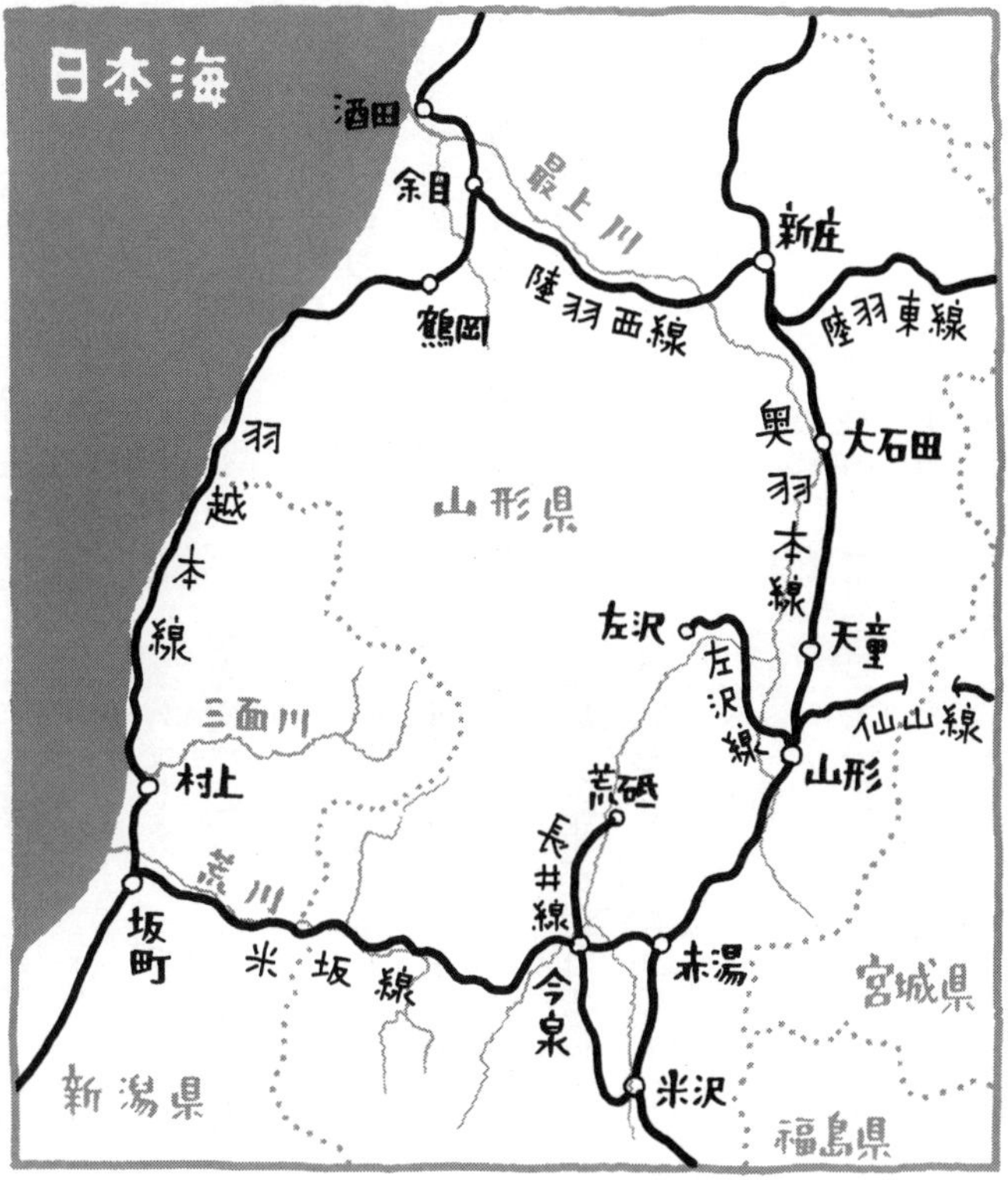

日本海
酒田
余目
最上川
新庄
陸羽西線
陸羽東線
鶴岡
奥羽本線
大石田
羽越本線
山形県
左沢
天童
左沢線
仙山線
三面川
山形
村上
荒砥
長井線
荒川
坂町
米坂線
今泉
赤湯
宮城県
新潟県
米沢
福島県

駅前通りの店はどこも閉っていたが、小さな床屋だけが一軒開いていて、年輩のおやじが一人ぽつんと客を待っていた。私たちが入って行くと、おやじさんは愛想よくお茶を入れてきた。父の頭はほとんど禿《は》げていたが、それでも仕上るのに小一時間かかった。終ると父は「お前もかってもらえ」と言った。時間があり余っていたのである。

こうして私たちは余目で三時間半もの時間をもて余したのであるが、二〇年九月号の時刻表を見ると、村上発12時04分の秋田行があり、余目着14時30分、わずか六分の接続で14時36分発の陸羽西線に間に合っている。なぜこの列車に乗らず、三時間半も早く村上を発ってきたのか納得がいかない。汽車が遅れて接続しなくなるといけないと思ったのか、あるいは時刻表など手に入らなかったから、行き当りばったりに出かけてきたのか、どちらかだろう。

ただ、昭和二〇年九月号の時刻表を見ていると、はたして当時の列車がこの通りに運転されていたかなあ、と首を傾《かし》げることがある。空襲によって一時不通になったりダイヤが目茶苦茶になったりしたという、そのことではない。戦争末期の汽車は混乱

粁程	驛名		秋田	秋田	酒田	吹浦	酒田	青森	村上	秋田	酒田	秋田	酒田	吹浦
	列車番號		811	813	815	869	817	507	819	805	35	501	35	563
0.0	上越線172頁 上野	發	…	…	…	…	…	上野發 6 59	…	21 30	…	高田發 6 18	…	…
100.0	高崎	〃	…	…	…	…	…		…	0 22	…		…	…
265.6	信越線136頁 長岡	〃	…	…	…	…	…		…	5 42	…		…	…
313.7	新津	着	…	…	…	…	…	4 15	…	7 04	…	10 08	…	…
										304		412		
0.0	信越線168頁 新潟	發	…	…	…	…	…		…	6 40	…	9 40	…	…
17.0	新津	着	…	…	…	…	…		…	*7 06	…	10*13	…	…
0.0	〒新津	發	…	…	…	…	…	4 25	5 46	7 14	…	10 20	…	…
10.2	〒水原	〃	…	…	…	…	…	4 45	5 59	7 27	…	10 34	…	…
17.8	〒天王新田	〃	…	…	…	…	…	4 55	6 13	7 37	…	10 45	…	…
26.0	〒新發田	着	…	…	…	…	…	5 06	6 24	7 48	…	10 56	…	…
		發	…	…	…	…	…	5 08	6 26	7 49	…	10 58	…	…
30.3	加治	〃	…	…	…	…	…	5 15	6 33	7 56	…	11 05	…	…
35.3	〒金塚	〃	…	…	…	…	…	5 22	6 40	8 04	…	11 12	…	…
39.1	中條	〃	…	…	…	…	…	5 29	6 47	8 10	…	11 19	…	…
44.7	〒平木田	〃	…	…	…	…	…	5 40	6 57	8 20	…	11 32	…	…
48.0	〒坂町	着	…	…	…	…	…	5 45	7 02	8 24	…	11 37	…	…
0.0	米坂線186頁 坂町	發	…	…	…	…	…	*6 05			…	11*55	…	…
67.7	今泉	着	…	…	…	…	…	8 50			…	14 19	…	…
90.7	米澤	〃	…	…	…	…	…	8 51			…	15 12	…	…
48.0	〒坂町	發	…	…	…	…	…	5 52	7 05	8 31	…	11 47	…	…
55.2	岩船町	〃	…	…	…	…	…	6 01	7 14	8 40	…	11 56	…	…
59.4	〒村上	〃	…	…	…	…	…	6 08	7 20	8 47	…	12 04	…	…
66.5	〒間島	〃	…	…	…	…	…	6 18		8 56	…	12 15	…	…
71.4	越後早川	〃	…	…	…	…	…	6 25	…	9 04	…	12 23	…	…
78.3	〒桑川	〃	…	…	…	…	…	6 35	…	9 13	…	12 33	…	…
87.5	越後寒川	〃	…	…	…	…	…	6 47	…	9 26	…	12 45	…	…
92.9	勝木	〃	…	…	…	…	…	6 55	…	9 33	…	12 53	…	…
95.9	府屋	〃	…	…	…	…	3	7 02	…	9 39	…	13 00	…	…
101.0	〒鼠ケ關	〃	…	…	…	…	5 55	7 10	…	9 47	…	13 08	…	…
109.9	〒温海	〃	…	…	…	…	6 07	7 21	…	9 58	…	13 20	…	余
115.7	〒五十川	〃	…	…	…	…	6 19	7 30	…	10 08	…	13 30	…	目
123.2	〒三瀬	〃	…	…	…	…	6 31	7 41	…	10 19	…	13 42	…	行
128.9	〒羽前水澤	〃	…	…	…	…	6 43	7 50	…	10 28	…	13 51	…	821
133.4	〒羽前大山	〃	…	…	3	…	6 50	7 57	…	10 35	…	13 58	…	3
139.4	〒鶴岡	〃	…	…	5 43	酒	7 01	8 05	酒	10 44	…	14 08	…	15 36
146.0	〒藤島	〃	…	…	5 52	田	7 11	8 14	田	10 54	…	14 19	…	15 48
154.7	〒余目	着	…	…	6 04	行	7 23	8 25	行	11 05	…	14 30	…	16 00
0.0	陸羽西線179頁 余目	發	…	…	*6 09	31		*8 49	33		…	14*36	…	16*32
43.0	新庄	着	…	…	7 20	3		10 05	3		3	15 49	3	17 46
154.7	余目	發	…	…	6 06	7 07	7 24	8 29	10 45	11 06	13 05	14 33	15 10	…
160.4	〒砂越	〃	…	…	6 18	7 17	7 35	8 40	10 55	11 16	13 21	14 43	15 27	…
166.9	〒酒田	着	…	3	6 27	7 20	7 44	8 4	11 05	11 25	13 31	14 52	15 36	3
		發	…	5 51	…	7 10	…	8 56	…	11 36	…	15 05	…	16 00
173.3	〒本楯	〃	…	6 00	…	7 29	…	9 00	…	11 46	…	15 15	…	16 11
179.1	〒遊佐	〃	…	6 10	…	7 43	…	9 16	…	11 55	…	15 25	…	16 22
18[illegible]	〒吹浦	〃	…	6 23	…	7 53	…	9 25	…	12 03	…	15 35	…	16 32
19[illegible]	〒小砂川	〃	…	6 34	…		…	9 39	…	12 14	…	15 49	…	
203.[illegible]	〒象潟	〃	…	6 44	…	3	…	9 50	…	12 25	…	16 01	…	…
209.2	金浦	〃	…	6 52	…	…	…	9 50	…	12 33	…	16 13	…	…

羽越本線805列車。日本交通公社版『時刻表』昭和20年 9 月号より

の極みで、ダイヤなどあってないようなものだったとされるが、それは部分的一時的なことであって、総体的に眺めれば意外なほど正確に走っていたのではないかと思う。私はときどき村上駅へ行って汽車を眺めていたが、駅に提示してある時刻通りに列車は発着していた。

古い時刻表を眺めていると、私の記憶を甦《よみがえ》らせてくれることが多い。もうろうとした記憶がはっきりしてきて、忘れていたことさえ思い出してくる。たしかこの時刻表はあの時のものだと思わせる。ところが二〇年九月号を眺めていると、はたしてこれがあのときの時刻表だったのかと疑いたくなることがある。わずかな経験とおぼろな記憶しかないから、もとより断定的なことは言えないけれど、どうもそういう気がしてならないのである。事実、余目駅着14時30分の秋田行を私は見かけなかった。すくなくとも定刻には到着しなかった。

大石田の炭鉱は最上川を渡し舟で渡り、すこし登ったところにあって、粗末な炭住が小ぢんまりと建っていた。亜炭の炭鉱はどこでもそうであるが、規模が小さく影がうすい。山形県に炭鉱があることなど知らない人がほとんどだろうと思う。炭層が薄いので切羽《きりは》（坑道の奥の採掘箇所）も低く、坑夫は体を横にして掘っていた。私たちはここで二泊した。当時はどこでもノミがいたが、ここのノミはすごかった。私は二晩ともよく眠れなかった。

坑夫はほとんど朝鮮系の人たちだった。日本人の監督者の命令に従って作業しているのだが、その態度には面従腹背の気配があり、不気味だった。三年前に行った北海道の石綿鉱山も朝鮮系の坑夫が多かったが、あのときは、まだそうした気配は感じなかった。

八月一四日も快晴で、朝から暑かった。頭痛がひどく吐気がした。起きようとしても目まいがして立てなかった。病気にかかったことはたしかだが病名はわからなかった。私は担架に乗せられ大石田の病院へ運ばれることになった。

担架を持つ坑夫たちの扱いは乱暴だった。最上川の渡しへ下る山道の途中で、私は二度も道端へころげ落された。

私は塩分不足による日射病にかかったのであった。病院で塩水を飲み、横になるとどっと汗が出てきて、一時間もするとウソのように元気になった。

天童《てんどう》温泉で一泊すると八月一五日である。連日のカンカン照りで、昼間の暑さが予想された。きょうは村上へ帰る日である。コースは、まず奥羽本線で山形を通って赤《あか》湯《ゆ》まで行き、つぎに長井《ながい》線で今泉《いまいずみ》へ、さらに米坂《よねさか》線で坂町《さかまち》へ抜け、羽越本線で村上に戻るというものであった。行きと帰りのコースを変えたのは私の案だった。

宿の主人が、正午に天皇陛下の放送があるそうです、と伝えに来た。

「いったい何だろう」と私が思わず言うと、

「わからん、いよいよ重大なことになるな」と父が言った。しかし、宿の主人が部屋を出ると、

「いいか、どんな放送があっても黙っているのだぞ」

と小声で言った。

昭和二〇年九月号の時刻表によれば、私たちは天童発8時33分—赤湯着9時44分、同発11時02分—今泉着11時30分と乗継いだと思われる。赤湯での接続はもっとよかったような気がするが、時刻表を信じればこれしかない。今泉着11時30分は、私の記憶

ともほぼ一致している。

今泉駅前の広場は真夏の太陽が照り返してまぶしかった。中央には机が置かれ、その上にラジオがのっていて、長いコードが駅舎から伸びていた。

正午が近づくと、人びとが黙々と集まってきて、ラジオを半円形に囲んだ。父がまた、「いいか、どんな放送であっても黙っているのだぞ」と耳もとでささやき、私の腕をぐっと握った。

この日も朝から艦載機が来襲していた。ラジオからは絶えず軍管区情報が流れた。一一時五五分を過ぎても「敵機は鹿島灘上空にあり」といった放送がつづくので、はたしてほんとうに正午から天皇の放送があるのだろうかと私は思った。

けれども、正午直前になると、「しばらく軍管区情報を中断します」との放送があり、つづいて時報が鳴った。私たちは姿勢を正し、頭を垂れた。

固唾《かたず》を呑《の》んでいると、雑音のなかから「君が代」が流れてきた。こののんびりした曲が一段と間延びして聞え、まだるこしかった。

天皇の放送がはじまった。雑音がひどいうえにレコードの針の音がザアザアしていて、聞きとりにくかった。生《な》まの放送かと思っていた私は意外の感を受けた。しかも、ふつうの話し言葉ではなく、宣戦の詔勅とおなじ文語文を独特の抑揚で読み出したのも意外だった。

聞きとりにくく、難解であった。けれども「敵は残虐なる爆弾を使用して」とか「忍び難きを忍び」という生きた言葉は生ま生ましく伝わってきた。「万世の為《ため》に太平を拓《ひら》かんと欲す」という言葉も、よくわからないながら滲透してくるものがあった。

放送が終っても、人びとは黙ったまま棒のように立っていた。ラジオの前を離れてよいかどうか迷っているようでもあった。目まいがするような真夏の蟬《せみ》しぐれの正午であった。

時は止っていたが汽車は走っていた。

まもなく女子の改札係が坂町行が来ると告げた。父と私は今泉駅のホームに立って、米沢《よねざわ》発坂町行の米坂線の列車が入って来るのを待った。こんなときでも汽車が走るのか、私は信じられない思いがしていた。

けれども、坂町行109列車は入ってきた。

いつもと同じ蒸気機関車が、動輪の間からホームに蒸気を吹きつけながら、何事もなかったかのように進入してきた。機関士も助士も、たしかに乗っていて、いつものように助役からタブレットの輪を受けとっていた。機関士たちは天皇の放送を聞かなかったのだろうか、あの放送は全国民が聞かねばならなかったはずだが、と私は思った。

昭和二〇年八月一五日正午という、予告された歴史的時刻を無視して、日本の汽車は時刻表通りに走っていたのである。

汽車が平然と走っていることで、私のなかで止っていた時間が、ふたたび動きはじめた。私ははじめて乗る米坂線の車窓風景に見入っていた。

当時の石炭の質はわるく、熟練した機関士が兵隊にとられたこともあって、急勾配を登れないことがしばしばであったという。この列車も登り坂のトンネルのなかで力が尽き、釜を焚きなおしたりした。破れた窓から石炭臭い濃い煙が容赦なく入り、父も私も窒息するのではないかと思うほど噎《む》せた。

けれども、宇津《うつ》峠の分水界を越えると、列車は別人のように元気をとりもどして快走しはじめた。列車は荒川の深い谷を幾度も渡った。荒川は日本海に注ぐ川である。ゴオッと渡る鉄橋の音に変りはなく、下を見下ろせば岩の間を川の水は間断なく流れていた。

山々と樹々の優しさはどうだろう。重なり合い茂り合って、懸命に走る汽車を包んでいる。日本の国土があり、山があり、樹が茂り、川は流れ、そして父と私が乗った汽車は、まちがいなく走っていた。

昭和二〇年九月号の時刻表によれば、私が乗った米坂線の列車は今泉発13時57分の坂町行109列車であったように思われる。けれども、私は今泉発12時30分頃の列車に乗ったような気がしてならない。天皇の放送が終ると、待つほどもなく列車はやってきたのだ。

六月一〇日のダイヤ改正までは今泉発12時32分の107列車があった。この列車は15時05分に坂町に着き、一時間ほど待って16時18分の羽越本線の下り列車に乗ると村上には16時35分に着く。村上に着いて風呂をわかしているうちに日が暮れてきたから、おそくとも六時頃までには家に帰っていたはずである。今泉発13時57分に乗ったのであれば村上着は19時20分、すでに日は暮れている。どうもよくわからない。

2
0. 6. 10 改正　　米澤・坂町間（米坂線）

下り列車									粁程		驛名		上		
			101	103	105	109	153	113					102	104	108
…	…	…	…	6 20	9 20	13 00	14 38	18 27	0.8	發	〒米澤	著	8 02	9 51	15 12
…	…	…	…	6 30	9 30	13 09	14 50	18 35	3.1	〃	〒南米澤	發	7 56	9 45	15 07
…	…	…	…	6 38	9 40	13 17	15 09	19 41	6.5	〃	〒西米澤	〃	7 50	9 38	15 00
…	…	…	…	6 48	9 52	13 28	15 26	18 51	12.5	〃	〒中郡	〃	7 39	9 24	14 50
…	…	…	…	6 57	10 02	13 38	15 41	18 58	16.3	〃	〒羽前小松	〃	7 30	9 15	14 42
…	…	…	…	7 04	10 10	13 45	15 50	19 04	19.4	〃	犬川	〃	7 24	9 08	14 34
…	…	…	…	7 10	10 17	13 52	15 57	19 10	23.0	著	〒今泉	發	7 17	9 00	14 27
…	…	…	…	7 18	10 30	13 57	16 44	19 28		發		著	7 04	8 50	14 19
…	…	…	…	7 26	10 44	14 11	16 57	19 38	27.3	〃	萩生	發	6 55	8 39	14 10
…	…	…	…	7 32	10 53	14 19	17 05	19 45	30.1	〃	〒羽前椿	〃	6 48	8 32	14 03
…	…	…	…	7 40	11 07	14 30	17 17	19 57	34.7	〃	手ノ子	〃	6 38	8 22	13 53
…	…	…	…	8 02	11 34	14 58	17 46	20 23	43.9	〃	〒羽前沼澤	〃	6 17	8 01	13 32
…	…	…	…	8 13	11 47	15 11	18 04	20 35	50.0	〃	伊佐領	〃	6 03	7 45	13 17
…	…	…	…	8 21	11 56	15 20	18 14	20 43	54.7	〃	羽前松岡	〃	5 53	7 35	13 07
…	…	…	5 40	8 32	12 11	15 46	18 42	20 49	58.3	〃	〒小國	〃	5 45	7 27	12 59
…	…	…	5 51	8 43	12 23	15 58	18 53	…	63.6	〃	玉川口	〃	…	7 07	12 45
…	…	…	6 01	8 53	12 35	16 09	19 04	…		〃	〒越後金丸	〃	…	6 58	12 36
…	…	…	6 12	9 04	12 46	16 21	19 16	…		〃	〒越後片貝	〃	…	6 43	12 26
…	…	…	6 27	9 18	12 59	16 38	19 34	…		〃	〒越後下關	〃	…	6 28	12 14
…	…	…	6 34	9 24	13 06	16 43	19 42	…		〃	越後大島	〃	…	6 19	12 07
…	…	…	6 45	9 35	13 17	16 54	19 54	…		〃	〒坂町	發	…	6 05	11 55

米坂線109列車。日本交通公社版『時刻表』昭和20年９月号より

しかし、昭和二〇年九月号の時刻表を信用することにしよう。天皇の放送を聞いたあと、坂町行の列車が来るまでの間、私の「時」は停止していたのだから。

鳥めし、駅弁初詣で

小池 滋

プロローグ

「じょっぱり」という銘柄の津軽のお酒があることを、千駄木にある飲み屋で教えられた。そこは津軽出身の人が経営している店で、津軽の言葉で「じょっぱり」とは、強情っぱり、意固地というような意味なのだそうだ。私は別に津軽出身ではないが、いささか——ではない、かなり「じょっぱり」の気質を持っているし、その酒の味もたいそう気に入ったので、この言葉はいつも私の頭から去らずに残っている。

確かに、日本じゅう鉄道で行けるところなら、一度も飛行機で行ったことがない、なんぞと威張っている人間は、じょっぱり度が相当高いのだろう。そんなことを言って自分で自分を縛り、自分から生き辛くしようと懸命になっているのだから、冷静に考えれば馬鹿馬鹿しい話だが、そこは居直ってしまうしかない。

というわけで、これから、その「じょっぱり」を通して鉄道について勝手気儘なことを言わせて頂くことにするので、表題にもその「じょっぱり」を使わせて頂いた次第である。

駅弁買うのも一苦労

第一回は、鉄道と縁が深い駅弁について。

鉄道がメシより好き、とよくおっしゃる方がいるが、私は鉄道も好きだがメシも同じくらい好き、という欲張った人間なので、列車の中で駅弁をパクつくことができれば、これ以上の幸せはない。

だが、そこがじょっぱりのじょっぱりたるところで、何の列車でもいい、何の駅弁でもいい、と素直になれないのである。まず、駅弁なのだから、絶対に駅で買った弁当でなくてはいけない、と頑張る。車内販売で駅の所在地と無関係に買った弁当では面白くない。ましてや、都市のデパートで日本全国各地の駅弁を買うなんぞは論外である。

と、口で偉そうなことを言うのは簡単だが、いざ実行しようとすると、これが大変なのだ。この頃はほとんどの車両は窓が開かない。かりに開くとしても、暖房か冷房している車内で、大きく窓を開けて、「おおい、弁当！」などと怒鳴ると、周囲から睨まれてしまう。弁当屋さんの方でも窓から買う客は予測していないし、第一、列車の停車時間が短くなっているから、窓からの売買は事実上不可能となる。

となると、こちらからプラットフォームまで下りて行って、駅弁売場を探して買わなくてはいけない。停車時間一分か二分ではできるわけがない。それに、最近では売る方も人手不足で、駅弁を売っているような大きな駅の、各プラットフォームに人員を配置することができない。駅の改札近くの一カ所でしか売っていないこともある。そうすると、停車したプラットフォームから階段を上り下りして、そこまで行かねばならない。

もうおわかりのことと思うが、途中駅で駅弁を買おうと思ったら、特急や急行に乗ったのでは駄目である。以前と違って機関車をつけ替えたり、つけ足したりすることが目立って少なくなった。いや、機関車などつかない、電車やディーゼル車の特急がほとんどである。プラットフォームに下りて、駅弁を探してウロチョロしていたら、絶対に置き去りにされてしまうだろう。

駅弁を買うにはドン行列車に限る。遠いところまで一本で行くドン行列車が、この頃は目立って少なくなり、昔のような東京発大阪行、上野発青森行などは夢幻となってしまった。寂しい、とおっしゃる人もいるが、駅弁を買うには大変好都合である。途中の駅で乗りかえるのだが、ほとんどの場合駅弁を売っている駅であるし、プラットフォームも違うことが多いので、駅弁売り場を探すにも便利なのだ。

とはいうものの、工合の悪いこともある。この頃JRさんは大変サービスがよくなって、ドン行列車でも、途中の駅で一〇分も二〇分も止まっていることが少なくなった。次の列車に乗り継ぐのに、二分か三分しかないことがしばしばある。お蔭で東京から大阪まで、ドン行だけを乗り継いで八時間半くらい（昔の特急「つばめ」「はと」の所要時間とほとんど変らない！）で行けるのは有難いのだが、駅弁を買うためには大変不便だ、と言わざるを得ない。

たくさん並んでいる駅弁を眺めながら、あれにしようか、これにしようかと迷っている、あの楽しい贅沢に浸っている時間がないのだ。大きな駅では複数の駅弁業者が入っていることがあって、そうなると比較選択の楽しみがますます増えるのだが、もちろん時間もそれに比例して増えるのは当然である。それが次第に難しくなって来た。

ＪＲさんとしては、ドン行のお客でもなるべく時間を節約できるようにと考えてくれるのだろう。まさか駅弁を買う便宜を考えて、わざわざドン行に乗っている私のようなお客のことまで、配慮してはいられないだろう。だから文句を言うつもりはない。これも「じょっぱり」の住みにくさの一つと諦めるしかなかろう。

もう一つ困ったことがある。ドン行列車はすいていることが多くて有難いのだが、時間と場所によってはどっと混雑することもある。駅弁を買って、あわててお目当ての列車に飛び乗ると、座席はもちろん、どこも満員。これでは食べようがない。でも通勤・通学、あるいは買い物のお客が多いのだから、そんなに遠くまで乗っている人は少ない。しばらく我慢して待っていれば、どこかの席にありつける。

ところが、なのである。都市付近のドン行列車は混雑解消、駅での乗り降りの時間をなるべく短くしようという目的から、最近はドアの多い、ロング・シートの車両が主流になって来た。ロング・シートとは窓に沿って長く伸びている座席のことで、大都市の電車ではおなじみだが、これがローカル列車にまで、どんどん進出しはじめた。

もちろん、ロング・シートの車両で駅弁を食べてはいけない、なんぞという規則はないが、どうもこの形の座席に坐っていると、飲み喰いがいささかてれくさい。私は止むを得ず何度かこれをやったことがあるけれども、車内のすべてのお客の視線がこちらに集中しているような気になってしまって、どうも居心地よくない。しかし、そんなことでくじけるようでは、「じょっぱり」の何のと偉そうなこと言えた義理ではないぞ、と我と我が身に言い聞かせて弁当を開くのであるが、お茶（あるいはお酒）をどこに置いたらいいか迷ってしまう。

やはり駅弁を食べるには、四人が向かい合って坐る小ぢんまりした座席の方がよい。窓の内側の狭い平たい所にお茶かお酒をちょこんと載せて（車が揺れて落ちはしないかと気をもみながら）、おもむろに駅弁を開くと、向かいの席に坐っている見知らぬお客が、好奇心の混った目でこちらを眺めたりする。これがたまらなく楽しいのだ。

ことに、何かの都合で普通の食事時ではない時刻に駅弁を開いたりすると、周囲の人がいろいろ不思議そうな顔をしている。ほとんどの人は礼儀正しい人だから、露骨に不審そうな目でじろじろこちらを眺めることはしない。そっぽを向いたり、新聞・雑誌類などを読んだりするのだが、それでも時どき、こちらにちらりと視線を投げかける。どうしていま頃駅弁なんかを食べているのだろう、と考えているのだ。仕事で忙しくて、昼飯を食べそこなったのか。それとも、何か家庭の事情で……

もし私が本当の理由を、つまり、何のことはない、いままで一度も食べたことのない駅の弁当を買いたいと思って、わざと時間をずらしただけのことなのだ、と正直に話したら、相手の人はどんな顔をするだろうか。別にそれほど腹が空いているわけではないのだが、包み紙のコレクションを増やしたいだけの理由で買ったのだ、などと言ったら、相手は気味悪がって逃げ出してしまうのではなかろうか。

しかし、そういうことが一度ならずあったのだ。ある種類の弁当がたった一つだけ駅弁売場に売れ残っていて、その包み紙の文字や図柄が何か私に訴えかけているような気がしてならないことが、よくあったのである。そうなると、ついさっき別の駅弁を食べたばかりでも、買わずにはいられなくなる。衝動買いは駅弁についてもあるのだ。そして昭和ひと桁生まれの哀しさで、買ったからには一粒残さず食べずにいられなくなる。食欲がなくても、気に入らないおかずがあっても、箱に残して屑箱に捨てるのは、何かに対して申訳ない気になる。別に環境保護とか資源愛護とかごみ減らしとか、そんな偉そうなことを言うつもりはない。何かに——そうだ、じょっぱりの神さまに申訳が立たない。それだけの話なのだ。

鳥めし駅弁コース

酉年《とりどし》の一九九三年が明けたばかりのこの一月、青春18きっぷが使える一月二〇日までの間に、家から一日で行ける範囲で、鳥めし駅弁をなるべくたくさん買ってみたい、という妙な願かけ（と言えるのかどうか）が頭の中に湧いて来た。青春18きっぷとは、ご存じの方には説明不要だろうが、冬休み、春休み、夏休みだけに売り出されるJRの特別乗車券で、五枚一組一万一三〇〇円（つまり、一枚は二二六〇円）というお値段。一枚で一日じゅうJR鉄道線の特急・急行列車以外の列車は乗り放題だから、使いようによって安くもなるし高くもなる。

つまり、二二六〇円出して、鳥めし弁当のお札《ふだ》を頂戴するために初詣でめぐりをやらかそうというわけである。といっても、朝四時起きして一番列車で出かけるのは、私のような怠け者にできるわけはない。大雨や大雪の日はおっくうだし……とか何とか言っている間に、日がどんどんたって行くので、とうとう一月一〇日の日曜日、私としては大決心のつもりで朝八時頃起き出し、朝飯も食べずに（だって、これからいやというほど駅弁を食べられるのだから）家を飛び出した。

吉祥寺駅で青春18きっぷの一枚に日付印を押して貰ってから、上り東京行の快速電車に乗ると、日曜のことだからすいていて、ゆっくり坐れた。それから時刻表をとり出して、今日これからの計画を立てる。これがこのキップの有難さで、キップを買う前に行先を決める必要がないのだ。とにかく改札の中に入って、電車に乗って、それからおもむろに、さて、どこへ行こうか、と考えればよいのだから。

東京近くで鳥めし駅弁というと、まず私の頭に浮んで来るのは高崎なので、最初にそこに敬意を表することにしよう。そこで次のようなコースが決まる。

新宿発八時三三分　埼京線列車
赤羽着八時四六分
赤羽発八時五〇分　高崎行快速列車
高崎着一〇時〇七分

東京では雲が厚くたれこめていて、いまにも雨が降りそうだったが、関東平野を北に進むにつれて、次第に雲が切れて薄い日ざしさえ現われるようになった。冷たい薄青色の空をバックに赤城山《あかぎ》と榛名山《はるな》が見えて来る。その間を利根川が流れていて、それに沿って遡《さかのぼ》ると水上《みなかみ》、さらに清水トンネルを抜けて越後へ行ける。水上駅でも確か鳥めし弁当を売っているはずだ。

榛名山の左へ行くと横川、さらに碓氷《うすい》峠を抜けて軽井沢から信濃へと通じる。横川の駅弁といえば誰もがご存じの釜めしだが、そこでは鳥もも弁当というのも売られているはずである。だから、高崎で鳥めしを買った後は、それを食べながら水上と横川の両方へ参拝するのが順序というものであろう。それが終ったら今度は両毛線に乗って小山駅へ行き、さらに東北本線に乗りかえて、日本駅弁の元祖のひとつと一般に言われている宇都宮駅に詣でる――この辺でおそらく今日の旅は終りになってしまうだろう。

高崎行快速列車の中で時刻表をひろげて、水上と横川とどちらへ先に行く方がいいか、あれこれ頭をひねった。二つのプランが出来上がった。高崎に一〇時〇七分に着いて、ゆっくり弁当を買う時間をとってから次に乗るべき列車、及びその後のコースは次の通りとなる。

A案

高崎発一〇時四四分　信越線横川行列車
横川着一一時一六分
横川発一一時一九分　高崎行列車
高崎着一一時五〇分
高崎発一二時一三分　上越線水上行列車
水上着一三時一四分
水上発一三時四九分　高崎行列車
新前橋着一四時四〇分
新前橋発一四時四三分　宇都宮行列車
〈小山駅で六分停車〉
宇都宮着一六時五三分
宇都宮発一七時〇一分　東北本線通勤快速列車
赤羽着一八時二七分
（以下略）

B案

高崎発一〇時二二分　水上行列車
水上着一一時二二分
水上発一一時五三分　高崎行列車
高崎着一二時五三分
高崎発一三時二三分　横川行列車
横川着一三時五六分
横川発一四時一一分　高崎行列車
高崎着一四時四三分
高崎発一四時五八分　前橋行列車
前橋着一五時一一分
前橋発一五時二〇分　小山行列車
小山着一六時四四分
小山発一六時五〇分　黒磯行快速列車
宇都宮着一七時一一分

宇都宮発一七時二九分　上野行通勤快速列車
赤羽着一八時五六分
（以下略）

この二つを比較検討してみると、A案には横川駅での時間の余裕が三分しかないという致命的欠陥がある。階段を上って下りて隣りのプラットフォームに行き、駅弁を買っている暇があるだろうか。ことに下り列車が遅れて横川駅に到着したりしたら、以後の予定が全部フイになる。さらに、横川から高崎まで乗る上り列車が、横川始発ではなく、遠く長野からやって来る列車であることも、私に不吉な予感を抱かせた。

軽井沢や長野に行くのに、特急列車ばかりを利用しておられる方は、夢にも考えたことがないだろうが、信越線の横川と軽井沢の間を走るドン行列車の数は驚くほど——時には腹立たしいほど——少ない。例えば、軽井沢を一〇時五二分に出発して横川を一一時一九分に出発する上り高崎行の前には、軽井沢を八時〇〇分に出発する上り高崎行しかない。ほぼ三時間の間隔だ。そして、その後はというと、軽井沢発一四時二三分発上り高崎行、つまり三時間半ほど待たねばならない。

とすると、ウイークエンドを軽井沢で過して、日曜のうちに東京へドン行を使って帰ろうとする人は、これら、ほぼ三時間に一本の列車――しかもたった三両連結が多い――に集まらざるを得ないだろう。横川あたりから駅弁を抱えて、のんびり列車に乗り込んでも、席にありつけないことは充分予想できるのである。

それからもうひとつ。前橋駅で果して鳥めし弁当が売られているかどうかわからないが、少なくとも下りて確かめるだけの価値はあろう。新前橋は高崎と同じ弁当だが、利根川を渡った対岸の前橋は別である。県庁所在地でもあるのだから、何か珍しい駅弁があるかもしれない。とにかく素通りするのは申訳ないような気がする。

というわけで、結局B案を採用することにして、高崎で待望の鳥めしを買い込んでから、上越線水上行列車に乗り込んで蓋を開けた。高崎弁当株式会社調製、「登録番号第四三八三九〇号」と麗々しく蓋に書き込んである鳥めし弁当は、昭和初期からの古い伝統を誇っている。高崎というと「だるま弁当」の名が知られているが、歴史からいうと鳥めしが何といっても長老格である。あの蓋のデザインも、昔からのファンにとっては懐しい。

私は昭和六年の生まれだから、もちろんここの鳥めしの発足当時のデザインや、その内容を知っているはずはないが、「末村」という店名だった昭和一二年、金三〇銭だった頃のデザインは知っている。まだ登録していない頃で「鳥」の字も崩さずにそのまま使っていた。戦後の昭和三一年に買った時には、まだ「末村」の店名だが、デザインは登録番号を記した現在のものとなっている。その後間もなく「高崎弁当会社」に変ったようだ。

昭和一二年の鳥めしの内容や味について、私が記憶しているはずはないが、昭和三一年のものは現在とあまり変りなかったと思う。いまでも目新しさやケバケバしさはなく、さすが長老の貫禄をいまだ失っていない。鳥スープで炊いたご飯の半分くらいが、鳥そぼろで覆われ、残りの半分くらいの上に海苔を敷き、さらにその上にコールドチキンと照り焼きがのっている。箱の隅の三つの仕切りの中には、それぞれ、漬物、ゆで玉子と栗、梅干が鎮座ましましている。味が辛目なのは駅弁として当然だから、咽喉のかわきをいやすためにお酒かビールをそばに並べたくなるのが人情である。幸いにして列車はすいているので、四人分の席の上に、あれこれと陳列して、次第に迫って来る山々と、利根川の清流をお供にして味わうことにした。

素朴な「みなかみ鳥めし」

水上駅に着く少し手前から、前方に真白な谷川岳が姿を見せ、昨夜降ったらしい雪で地表面が敷きつめられていた。一一時二二分に水上駅に着くこの列車は、土曜日曜とスキー客が多く見込まれる日だけ、この先のトンネルを抜けて雪国を長岡まで行く列車に接続している。ということは、普段の日は水上とトンネルの向こうとの間を結ぶドン行列車は、三時間か四時間待たないと来ないわけなのである。もっと困ったことに、特急列車さえトンネルの先まで行くのは極めて数が少ない。急ぐ人は上毛高原まで車で行って、新幹線に乗るしか手はないのだ。

だから、かつては冬山登山、スキー、温泉などを目ざす客で賑わった水上駅だというのに、そして今は日曜の昼だというのに、ガランとして客らしい客の姿も見えない。駅前では空車のタクシーの列があくびをしている。新幹線が出来た後の信越本線の軽井沢駅も、こんな風になってしまうのかと、哀れをもよおすのだったが、今日はそんな感傷にふけるために水上に来たわけではない。目ざすは鳥めし弁当である。改札口の脇の売場で、小島商店調製の「みなかみ鳥めし」を買い込んだ。箱にかぶせた紙の隅に「水上小唄」の歌詞が刷り込んであるのは、まさにクラシック駅弁紙の名に恥じない。

以前の水上駅は現在の横川駅と同じように、機関車のつけかえで列車が必ず止まらなくてはいけない駅だった。高崎から坂をあえぎながら登って来た蒸気機関車が、ここで電気機関車にバトンタッチをしたのである。戦後上越線が全線電化してからでも、重い列車のために補助の電気機関車をここでつけ足すことがあった。そのために水上には機関車の車庫まである。

だから、長いこと止まる列車の客を目当てに、駅弁売りが栄えたのは当然のことだった。「小島商店」という名は以前から変っていないが、現在はもう一つの販売業者と共存している。しかし、淋しいことに、ほとんどの列車は水上で打切りとなり、直通するのはごく一部の特急と、あとは貨物列車ばかり。貨物列車の中に一つだけ人間の乗れるコンテナを積んでくれないかなあ、とJRさんにお願いしたい気持である。

さっき乗って来た同じ電車が、水上発高崎行となって坂を下って走り出した。その中に坐って水上の鳥めし弁当を味わうこととする。高崎のそれより値段が安いのだから当然のことながら、鳥の料理法のバライエティにおいては劣るが、素朴なそぼろやささ身の味、つけ合わせの山菜漬物、大根味噌漬、高菜漬などは、いかにも山の峡谷の駅らしくて楽しい。

高崎で乗りかえて、ロング・シートの二両連結の電車で横川へ向かう。観光客らしい人は全然いない。ほとんどが土地に住む人で、次第次第に減って行く客は、終点横川に着いた時には、私を含めて一桁になっていた。プラットフォームはがらんとして、弁当屋の影さえ見えない。当り前だ。ここで終点となるドン行列車から降りた客の中に駅弁を買う人間がいようとは、誰も思うまい。せっかく弁当を目当てにやって来たのに、私はしばし呆然としていた。

ところが、よくしたもので、数分のうちに後から追いかけて来た下りの臨時特急が到着するので、弁当売りの休憩小屋から大勢のおじさん、おばさんがぞろぞろと出て来た。保温のために上にかぶせた布をとり、プラットフォームに並んで客を待つ。だが、日曜日の午後の、下りの臨時の特急なのであまりお客が乗っていないのは気の毒だった。

反対に上りフォームに到着した上り上野行特急は、自由席車に立っている乗客があるほどの混雑ぶりだから、横川到着と同時にわっと飛び出した客が、弁当売りのまわりに群がった。しかし、その賑わいも三、四分だけのこと。電気機関車が離れ、発車ベルが鳴り、ドアが閉まると、再びプラットフォームの上は弁当売りと私だけになってしまった。休憩小屋へ引きあげて行くおじさんから、あわてて「鳥もも弁当」を一つ買うと、私はがらんとしたさっきのロング・シートの電車の中へと戻った。

日本の駅弁第一号は？

横川駅弁「おぎのや」については、かつてテレビドラマにまでなったほどだから、いまさらご紹介するまでもあるまい。しかし「釜めし」だけでなくて、私がお目当てにした「鳥もも弁当」など、他にもいろいろと面白いものがある。私の好みを言うなら、「鳥もも弁当」の方が「釜めし」より気に入っているし、値段も安い（七〇〇円）。つまり容器のコストが安いだけ経済的だと考える。正直言うと、日本じゅうの釜めし駅弁の容器が山と積まれている私の書斎は、もうたくさんと悲鳴を上げているのだ。

それに、この「鳥もも弁当」のとり合わせはたいそう気がきいている。箱のほぼ半分が、レタスの上に置かれた鳥もも、レバー、こんにゃく、栗、生きゅうり、レモン、味噌漬（それからパック入りのマヨネーズ）。残りの半分が幕の内風のご飯。ロング・シートに坐って、これを車内の全乗客（といっても、大した数ではないが）に見せびらかして「いかがですか、おひとつ」と言ってやりたくなる。そのくらい味はよい。そんなことを考えながら、高崎に向かっているうちに、日は次第に傾いて来た。

高崎から前橋まで行って一度列車から降りて、駅じゅう探しまわったのだが、どこにも弁当は売っていなかったので、また次の列車に乗って小山に向かう。小山も複数の業者が弁当を売っているが、やはり昔からおなじみのかしわやの「とりめし」（何と五二〇円!!）を求めることにした。

よく日本の駅弁第一号はいつ、どこの駅か、ということで論争が起る。明治一八年の宇都宮駅の白木屋というのが一つの説で、事実いまでも白木屋は宇都宮で販売を続けており、そこの駅弁紙に「日本で初めての駅弁屋（創業明治18年）」と印刷してある。しかし、これに異論を唱える人もいて、現在のところまだ定説はないようである。

私はその議論に首を突込むつもりはさらさらないが、小山駅と宇都宮駅がもっとも古い駅弁販売駅の中に含まれている、ということは、どうやら真実らしい。というわけで、今回の鳥めし駅弁初詣でにおいても、この二つの駅は無視するわけにはいかない。その上、戦前の昭和一五年七月三日午後三時という日付印が押してある、小山駅かしわや製の「御すし」（金貳拾錢）の紙を見ると、この店の主人の名前が「小池新作」とある。おそらく私と何の関係もないのだろうが、何となく親近感を覚えずにはいられない。いまだに小池さんの子孫が経営しているのかどうかは、もちろん知らない。

小山駅かしわやの昭和一五年頃の弁当の味についても、残念ながら私は何の記憶もない。だから現在の「とりめし」の内容は水上駅のそれに近く、そぼろが主体であるとしか書くことはない。このあたりは鳥料理の盛んなところで、同じ駅で別の業者が別の鳥めし弁当を売っているのだから、やかましく言えば、すべての値段と内容の比較をしなくてはいけないのだが、そろそろ窓の外も暗くなったし、私の腹も鳥めしでいっぱいになりかかって来たから、急いで最後の目的地、宇都宮に向かう快速電車に乗り込むことにしよう。

宇都宮駅は駅弁発祥の地のひとつに数えられるだけあって、四つの業者が競い合っていた。駅弁好きにとっては目うつりがするようなパラダイスだが、この日はもう夕方とあって、プラットフォームには売り子の姿は見えない。改札近くの総合売場へ行っても、かなりのものはすでに売り切れだ。赤いプラスチックの箱に入っている、おなじみの鳥めし弁当も売り切れていたので、仕方なく残っていた唯一の「そぼろ弁当」（白木屋調製、七〇〇円）を買い、テレビの前の人の群（この日は大相撲初場所の初日で、話題の貴花田の登場を待っていたのだろう）を横目で睨みながら、上野行の通勤快速へと急いだ。日曜のこととてすいているので、例によって座席のまわりに、弁当やお酒を並べて食べはじめた。「そぼろ弁当」は初めてお目にかかるものだが満足できた。箱の半分はそぼろを散らしたご飯で、一部に紅しょうがと金糸卵《きんしたまご》がのっている。残りの半分には鳥の唐揚げ、にんじん・ごぼうの煮つけ、サツマ揚げ、きゅうりの漬物、パイナップルと、実に多様なとり合わせである。

鳥めし弁当は続くよ、どこまでも

鳥めし弁当づくしで満腹になった私を乗せて、通勤快速電車は闇の東北本線の上を一路上野に向けて突っ走る。いささか鳥にげんなり、というのが正直なところの感想であるが、今日はまだまだ序の口に入ったばかりで、他にも数え切れないほどある。小山と宇都宮は完全にカバーしたとは言えないし、関東の東半分、茨城県と千葉県は処女地である。少なくとも水戸駅の鳥めし弁当くらいは、いつかぜひお参りしなくてはいけない。

それに、鳥といったら、名古屋を除くわけにはいくまい。しかし、名古屋へ新幹線で行って、弁当だけ買って、さっと帰って来るのでは、じょっぱりを名乗る資格はなかろう。東海道本線のドン行で、いや、中央本線のドン行を使って、途中、例えば塩尻駅の鳥の釜めしなどに敬意を表さなくてはいけない。

もっと西の方、九州の小倉・折尾・鳥栖《とす》あたりからも「かしわめし弁当」の誘惑の調べが聞えて来るではないか。そんなところまでドン行ばかりを乗り継いで行ったら、いったい何日かかることやら。酉年のうちに巡礼の旅を成就できるのだろうか。その上、どれほどのお金がかかることやら。鳥めし弁当自体は安い庶民的な値段である。今日も千円を超えた弁当は一つも買わなかった。だが、ドン行で九州まで行くとなったら、途中で宿屋に泊らなくてはなるまい。車中で、あるいは宿屋でお酒を飲んだら、またまた金がかかるだろう。

つまり、ドン行旅行というのは、飛行機や新幹線を使った旅行よりも、格段に金のかかる、贅沢な旅なのである。「じょっぱり」とは、時間とゼニがどえらくかかるものと見つけたり、なのである。いまごろになって、やっとそれに気がついた、というのが、そもそも間の抜けた話なのだが、「じょっぱり先生」なんぞといきがって、偉そうなことを書き出してしまった手前、いまさら引っこみがつかない。一日のじょっぱり旅行をやるために、六日間あくせくと火の車に追っかけられて稼ぐしかないのかな。

電車はガラガラと大きな音をたてて荒川鉄橋を渡っている。間もなく、赤羽、赤羽です。東京の日常性の世界へと、吸い寄せられるようにして、ブレーキのかかる音がした。私はあたりの座席に散らばった駅弁の残骸をかき集めると、下車の支度をした。

（一九九三年四月）

解説

小池 滋

鉄道をテーマにした文学傑作選を編むに際して、わたしが頭を悩ましたのは、候補作を見つけることではなくて、むしろあり余るほどの作品の中から何を除かねばならないかであった。そこで、大まかに次のような原則を立てることにした。

第一に、長い作品の中の一部だけを取り出して収録することはしない。もともと独立したものに限る。従って分量の関係から短いものだけになるが、これは止むを得ない。例えば中野重治の鉄道員を主人公とした「汽車の罐焚き」や、椎名麟三（彼はいまの山陽電鉄の社員だったことがある）の『自由の彼方で』や『美しい女』などは、分量の点で残念ながら除外せねばならなかった。

第二に、いわゆる鉄道ミステリー小説の傑作選は、現在文庫本などで容易に手に入るものがかなり多いので、この種の作品は遠慮することにした。

第三に、わたし自身が編さんした『鉄道諸国物語』(一九八五年、彌生書房刊)に入れた作品は重複を避けるために省いた。誰もがすぐ頭に思い浮かべる志賀直哉「網走まで」や芥川龍之介「蜜柑」が入っていないのは、この理由による。

最後に、なるべく性格のヴァライエティに富んだ内容にしたいと思って、あまり知られていないマイナーな作品も尊重することにした。

その結果がご覧の通りのものとなったが、最後に文字通り末席を汚すワタクシメを別とすると、有名な作家ばかりが名を連ねることとなった。そこで、この解説では、その人と作品の特質には触れないよう努めた。その方たちの主要作品は文庫本や日本文学全集などで容易に読むことができ、その解説欄で充分に語られているから。ここでは、個々の作品の中に登場する鉄道などについて、鉄道にはあまり関心を持たない読者の理解の助けとなるようなことを簡単に述べることにしたい。とくに鉄道は時代による変化が大きいから、作品に描かれている時代についての説明が必要になることがある。

国木田独歩　一八七一―一九〇八（明治四―四一）

「空知川の岸辺」が発表されたのは一九〇二（明治三五）年十一、十二月号の『青年界』で、独歩が実際にこの旅をしたのは一八九五（明治二八）年のこと、作品に記されているように九月二五日に札幌から空知太《そらちぶと》まで列車に乗った。現在のJR北海道函館本線で、当時は北海道炭鑛鉄道と呼ばれていた私鉄であるが、もともとは明治政府の出先機関である北海道開拓使が建設した官営の幌内鉄道を譲り受けたものだから、半官半民鉄道と言ってよい。日本で三番目に古い鉄道で、おなじみの「義経」や「弁慶」のようなアメリカ西部劇の名優タイプのSLが活躍した路線である。

一八九二（明治二五）年に空知太まで開通して、そこが終点となった。作品の中で「歌志内の炭山に分るゝ某停車場」とは砂川駅のことで、次が終点である。そこは作中に書かれているように何もない寂しい地点で、まさに「孤島」である。だから一八九八（明治三一）年に線路が旭川まで伸びた後、空知太駅はなくなってしまい、砂川の次はいまのように滝川駅となった。

作品の中で描かれているように歌志内の方がずっと賑やかな炭坑町で、こちらの駅は空知太より一年早くに開業して、むしろ本線と言ってもよかった。ところが後に支線に格下げされ、炭坑が廃業となった後に歌志内線は廃止されて現在は見られない。

田山花袋《かたい》　一八七一―一九三〇（明治四―昭和五）

「少女病」の初出は一九〇七（明治四〇）年四月号の『太陽』で、花袋の、というよりも日本の自然主義小説の代表作とよく言われる「蒲団《ふとん》」よりも五か月早く発表されている。作品の舞台はすぐわかるように、中央線の代々木と御茶ノ水の間、いまでも毎日電車が満員の客を詰め込んで頻繁に走っている。前年の一九〇六（明治三九）年十月に国有化されたが、それまでは私鉄の甲武鉄道で、一九〇四（明治三七）年に御茶ノ水と中野の間が電化されて、車輪が四つしかなくて、屋根の上に電線から電気を取るポールがついている、かわいい電車が走っていた。ＪＲの電車のご先祖というわけである。

もうひとつ、現在の読者が首をかしげるのは途中の駅名だろう。御茶ノ水、水道橋、飯田町、牛込、市ヶ谷とある。当時甲武鉄道の甲府方面へ行く列車は飯田町から出ていた。だから当然電車も飯田町駅に止まらなくてはいけない。ところが昭和になって列車は新宿発着となって飯田町は貨物専用駅となった。この貨物駅はご記憶の方も多かろうが、いまは廃止されてビル街になっている。そこで水道橋、飯田町、牛込は駅間距離が短いので、飯田町と牛込を廃止して、その中間にいまの飯田橋を新設した。この駅はカーブがきつくて、プラットフォームと電車の間に隙間が広く開き、フォームと神楽坂寄りの出口の間が長いなど、駅としてあまりよいとは言えないのは、このような事情があったからである。「少女病」はいまで言うなら「ストーカー小説」か「痴漢小説」で、週刊誌やテレビの絶好のネタとなりそうだが、大都市の通勤をテーマにした小説のルーツと呼んでよかろう。当時女性専用車（いや一両の単独走行だから専用室）があれば、杉田先生も不慮の死を遂げなくて済んだはずだが……

永井荷風《かふう》　一八七九—一九五九（明治一二—昭和三四）

「深川の唄」は一九〇九（明治四二）年二月号の『趣味』に発表された。作者としては後半の章の方が大事なのだろうが、鉄道好きの読者にとっては、その前口上ともいうべき前半の方に興味を覚える。市内路面電車を描いた最初の傑作のひとつであるから。この時の市電は東京鉄道という名の私鉄だったが、それは一九〇六（明治三九）年に三つの会社が合併して出来たばかりのものだった。

一九〇三（明治三六）年八月に、新橋・品川間の路面馬車鉄道が電化されて、東京最初の電車定期営業運転をする東京電車鉄道（通称東鉄）が誕生した。同九月には東京市街鉄道（通称街鉄）が、翌年の十二月には東京電気鉄道（通称外濠線）がそれぞれ営業を開始した。この三社が合併して東京鉄道となったが、この作品が発表された二年後の一九一一（明治四四）年八月に東京市電気局に買収されて、東京市電、後に都電として長く親しまれることとなった。

この小説の舞台となっている路線は、合併前の街鉄に属するもので、山の手から下町に至る非常に長い系統の電車であったことがわかる。当時の東京の市電について詳しくは、小池滋『「坊っちゃん」はなぜ市電の技術者になったか』（二〇〇一年、早川書房刊）をご参照下さい。

萩原朔太郎　一八八六―一九四二（明治一九―昭和一七）

「夜汽車」は北原白秋が主宰していた雑誌『朱欒《ザンボア》』の一九一三（大正二）年五月号に初出だが、その時の表題は「みちゆき」であった。確かにこの原題の方が読み手に正しく訴えそうだ。ことに現在のように夜汽車というと寝台特急ばかりで、運賃だけで乗れる長距離普通夜行列車は探すのに苦労する時代となってしまうと、（おそらく）三等の座席に坐って身をすり寄せる悲しい二人の姿を想像するのが難しい。山科という駅名から、この夜行列車は東海道線と思われるが、昔は日本のほとんどすべての幹線に、長距離普通夜行列車が走っていて、庶民（とくに学生）は宿屋やホテルに泊る金を節約して、もっぱら夜行列車を利用した。赤松麟作が一九〇一（明治三四）年に描いた有名な絵「夜汽車」（東京芸術大学所蔵）は、そうした感じをよく教えてくれる。また、なぜ「まだ山科は過ぎずや」と尋ねるのか、答を探してみるのも一興だろう。

「新前橋駅」は「郷土望景詩」のひとつで、この駅が新設されたのは一九二一（大正一〇）年七月一日だった。上越南線が渋川まで開通したので、既にある両毛線から分れるところに駅を作る必要が生じたのだが、当初はまさにここに描かれているような寂しい場所だったろう。

宮沢賢治　一八九六―一九三三（明治二九―昭和八）

宮沢賢治の多くの作品の中に登場する岩手軽便鉄道は現在のＪＲ釜石線だが、賢治の作品が有名になったお蔭で、いまは「銀河ドリームライン」なんぞと名乗っている。しかしその誕生は一九一三（大正二）年十月、花巻から東へ土沢までの約一二キロほどの路線で、ゲージ（左右のレールの間隔）は七六センチ二ミリ、いまではめったに見られない軽便軌道だった。目ざしたのは東の海岸の町釜石だが、けわしい山を越える線路を作る資金がなくて、約六五キロ先の仙人峠で足踏みしてしまった。一九三六（昭和一一）年に鉄道省に買収されて釜石線となったが、ゲージはそのまま。最終的に釜石まで直通して、本線と同じ一メートル六センチ七ミリに広げられたのは、戦後の国鉄になってからの一九五〇（昭和二五）年のことだから、もちろん宮沢賢治は知らない。

だから、彼の作品の中に出て来るこの鉄道は、かわいいが頼りない、ユーモラスな姿を留めている。この詩の列車は西、すなわち花巻方面へ行くのだから、本当なら上り列車のはずだが、高い山地から北上川の平野へ下って行くので、土地の人たちは「下り」と呼ぶ習慣があったのかもしれない。また「CZ」も何を意味するのかわからない。列車の名ではなくて、引いている機関車が片側から見て動輪を三つ持つからCと呼ばれたのかもしれない。

小野十三郎《とおさぶろう》　一九〇三—九六（明治三六—平成八）

彼は『蒸気機関車』という表題の詩集を一九七九（昭和五四）年に出しているくらいだから、鉄道に強い関心を抱き、それをテーマにした作品を多く書いている。生まれたのも住んだのも大阪だから、関西の鉄道を描いたものが多いのは当然だが、ここでは一風変った作品を選んだ。模型やおもちゃの鉄道車両を扱ったものは珍しい。「風船と機関車」は一九二六（大正一五）年十一月に自費出版した最初の詩集『半分開いた窓』に収められている。当時は東京で暮らしていて、前衛詩人たちと同人誌を出していた。

金子みすゞ　一九〇三—三〇（明治三六—昭和五）

彼女の見ていた貨物列車は、いまとは違って車輪が四つしかない小さな木造の貨車が長くつながっていたもので、当然スピードは遅い。だから子供でも数えることができたし、いろいろ違った種類の貨車をじっくり眺めることができた。カという記号のついた家畜車は、牛や馬などを運ぶために、通気をよくするよう側面の板に大きな隙間があった。中にいる家畜の姿を外からよく見ることができたから、このような作品が生まれたのであろう。ちなみに豚を運ぶ貨車は二階造りでウという記号がついていた。

中野重治　一九〇二―七九（明治三五―昭和五四）

「機関車」は同人雑誌『驢馬《ろば》』の一九二六（大正一五）年二月号に発表された。アメリカの詩人ウォルト・ホイットマンの詩「冬の機関車に」を知っていたかどうかわからないが、東西の双璧と呼んでよかろう。面白いことにホイットマンは西洋の慣習に従って機関車を女性としているのに、こちらは「彼」と呼んでいる。

「雨の降る品川駅」は雑誌『改造』の一九二九（昭和四）年二月号に発表された。ただ初出時のものはこれとかなり違っていて、当然のことながら当局の検閲を受けていたから、数多くの×印があった。「日本天皇」や「猫背」がそのまま印刷されたとは、もちろん考えられない。

いまでも品川駅は東京では（いや全国でも）珍しいことだが、普段定期列車がほとんど使っていないプラットフォームが何本かある贅沢な駅である。当時からそうであって、兵士を運ぶ臨時列車などの発着は品川駅が多かった。「不穏な朝鮮人」と当局から見なされた人たちを乗せたのも、このような専用臨時列車であった。戦後間もないころ、外地からの引揚げ日本人を舞鶴や（九州の）南風崎《はえの》から乗せた専用臨時列車も同じ品川の普段使われていないプラットフォームに到着したのを記憶しておられる方もあろう。

散文作品「停車場」は一九二六（大正一五）年九月号の『近代生活』に発表された。

芥川龍之介　一八九二―一九二七（明治二五―昭和二）

「トロッコ」は一九二二（大正一一）年三月号の『大観』に発表された。小田原と熱海を結ぶ軽便鉄道が開通したのは一八九六（明治二九）年だが、名前は「豆相人車鉄道」で、車を人間が押して動かしていた（下り坂になると押す人間も乗ってブレーキをかける）。前年に熱海と吉浜の間で開業し、次第に小田原の方に線路を伸ばしていったから、建設工事が行なわれていたのはその少し前からであろう。海に山が迫っている地域だから、工事費用を節約するために既存の道路（これも狭い道幅）の隅に線路を敷いたので、カーブや勾配がきつくなった。

人車鉄道なんて名前も聞いたこともない人が多かろうが、日本にしかない世界に冠たる（？）ユニークな交通機関で、豆相のほかあちこちにあった。詳しくは、伊佐九三四郎

『幻の人車鉄道』（二〇〇〇年、河出書房新社刊）をご覧下さい。

志賀直哉　一八八三―一九七一（明治一六―昭和四六）

「軽便鉄道」は「子供四題」の第四、すなわち最後の部分で、一九二四（大正一三）年四月号の『改造』に発表された。舞台となっているのは前の「トロッコ」と同じ鉄道だが、この時は人車ではなく、蒸気機関車の引く「熱海鉄道」という名の会社になっていた。人車鉄道は結構多くの利用客があったので、蒸気機関車が通れるよう線路の改修を行って、一九〇八（明治四一）年から営業を始めた。といっても、カーブや勾配は同じだし、機関車も「へっつひ」のようなかわいいものだから、スピードはしれたものである。

当時の東海道線は国府津から沼津まで現在の御殿場線のルートを通っていたから、東京方面から来た客は国府津で馬車鉄道に乗りかえて小田原まで、そこで軽便鉄道にまた乗りかえねばならなかった。一九〇〇（明治三三）年に馬車鉄道が電車になって「小田原電気鉄道」となり、湯本まで行くことになった。しかし省線の熱海線が一九二五（大正一四）年に国府津・熱海間で全通したので、熱海軽便鉄道は（関東大震災で大きな被害を受けていたこともあって）廃業となる。一九三四（昭和九）年丹那トンネルが開通して、熱海線が東海道線となって今日に至る。

「灰色の月」は一九四六（昭和二一）年一月発行の『世界』創刊号に発表されたもので、敗戦直後の東京駅や山手線電車の姿をはっきり示している。

谷崎潤一郎　一八八六―一九六五（明治一九―昭和四〇）

「為介の話」は『婦女界』の一九二六（大正一五）年一月号に発表された。有馬から三田《さんだ》へ行く「軽便鉄道」と書かれているが、この私鉄有馬鉄道は、ゲージは鉄道院の国鉄と同じ一メートル六センチ七ミリと遜色はない。事実一九一五（大正四）年四月に開業してすぐに国鉄が借入れ、一九一九（大正八）年には国鉄が買収して有馬線となっていた。だが、この時の為介は利用できなかったが、一九二八（昭和三）年に私鉄の神戸有馬電鉄（いまの神戸電鉄）が神戸の湊川から三田まで通って、有馬からは三田へも神戸へも便利に行けるようになったので、国鉄有馬線はさびれてしまい、結局一九四三（昭和一八）年に廃止となった。

三田から乗ったのは福知山線で、これはいまでもJRとして健在だが、「南画的」と書かれているような宝塚までの「渓流に沿」った美しい車窓風景は、残念ながら現在見ることができない。複線電化工事の時に崖っぷちの旧単線をあきらめて、ほとんどの部分をトンネルにしてしまったからである。

また宝塚から大阪までの郊外電車というのは、もちろん阪急電車であろうが、当時はたして車内で子供に大便や小便をさせているような風景が実際にあったのかどうかはわからない。

北川冬彦　一九〇〇─九〇（明治三三─平成二）

「豚」と「ラッシュ・アワア」は一九二六（大正一五）年に出た第二詩集『検温器と花』に、「壊滅の鉄道」は一九二九（昭和四）年に出た第三詩集『戦争』に収録された。「壊滅の鉄道」が満州の鉄道を指していることは容易に想像がつくであろう。父が南満州鉄道の社員だったので、彼は七歳から一九歳の時まで満州で暮らしていた。

安西冬衛　一八九八─一九六五（明治三一─昭和四〇）

第一詩集『軍艦茉莉』は一九二九（昭和四）年に出たが、その中の「春」と題するたった一行の詩「てふてふが一匹韃靼《だったん》海峡を渡つて行つた。」はあまりにも有名になってしまって、この詩人の作品だけでなく、昭和初期のモダニズム詩の代表のように言われている。それと並んで収められている、もうひとつの「春」と題する詩は影が薄くなってしまって残念だ。地下鉄道はいまではごくありふれたものとなっているが、一九二七（昭和二）年十二月三十日に浅草・上野間で開業した東京地下鉄道は、日本、いや東洋唯一の地下鉄として大きな話題を呼んだ。まさに都市のモダンな文化の象徴として、西條八十作の詩「東京行進曲」の中に（小田急とともに）とり入れられ、杉浦非水デザインのポスターは永遠の生命を保っている。

普蘭店は旧満州国と、日本の租借地であった関東州との境にあった南満州鉄道の駅で、入出国管理などの必要から、下り特急「あじあ」（大連発ハルビン行）以外のすべての列車が停車した。そこには大きな町があるわけではなく、普通の乗客の乗り降りはほとんどなかった。

「哺乳」は一九四九（昭和二四）年刊の第六詩集『座せる闘牛士』に収められている。トルクシブ鉄道とはトルキスタンとシベリア鉄道のノボシビルスクを結ぶために、ソ連の五カ年計画のひとつとして建設され、一九三一年に完成した鉄道で、そのドキュメンタリー映画は世界で大きな話題を呼んだ。

北園克衛　一九〇二―七八（明治三五―昭和五三）

「電車」は一九三七（昭和一二）年に刊行された詩集『夏の手紙』の中に収められている。

竹中　郁　一九〇四―八二（明治三七―昭和五七）

「撒水電車」は一九二六（大正一五）年に自費出版した第一詩集『黄蜂と花粉』に収められている。おそらく彼が生まれて住み続けた神戸の市電を描いたものだろう。神戸市電は市と同じように戦前からモダンでおシャレな外観を呈していた。撒水電車は日本のあちこちの路面電車にあった。舗装が完全に出来ていない道路が神戸でも残っていたのだろう。

「車中偶成」は一九四四（昭和一九）年に出た第六詩集『龍骨』に収められている。阪急電車の終着駅は現在の三宮で、「神戸」という名であった。

「地上の星」は一九六八（昭和四三）年刊行の第六詩集『そのほか』に収められた「三いろの星―組詩のこころみ」の第二部分である。

内田百閒《ひゃっけん》　一八八九—一九七一（明治二二—昭和四六）

「時は變改す」は一九五三（昭和二八）年二月号の『小説新潮』に初出。日本の鉄道が誕生したのは一八七二（明治五）年のことだから、ここで話題となっている八〇周年とは一九五二（昭和二七）年である。

冒頭に引用され、表題にも使われている漢詩について、先生自身は「註釋は省略する」と書いているが、簡単に説明が必要であろう（地下の先生から叱られるのを覚悟の上で）。これは古典的歴史物語『大鏡』（書いた人も年代も不詳。十一世紀後半ころの作と言われている）第二巻「左大臣（藤原）時平」という項からの引用である。

あの有名な菅原道真が（たぶん）無実の罪を着せられ、（いまの福岡県）太宰権帥《だざいのごんのそち》に左遷されることとなり、九〇一（延喜元）年に京の都から追放されて明石の駅までやって来た。「驛」とは人や物を長距離にわたって運ぶ馬を交替させるための厩のことで、その管理者が「驛長」であった。明石の駅長が右大臣にまでなった人のいまの哀れな様子に驚き悲しんでいるのを見た道真は、逆にこう言って慰め、さとしたという。詩の形となっているのはさすがだ。わたし自身は「時ノ変改ヲ」と読むように教えられた記憶があるが、読み方はいろいろあるのだろう。意味は「駅長よ、時勢の移り変りに驚いてはいけない。植物が春に栄え秋に衰えるのと同じ自然の理が人間にも及ぶのだから」くらいのところか。

明治初期に英国から鉄道のシステムを導入した時、ステイション（ステンショと呼ばれたこともある）を何と日本語に訳したらよいか、いろいろ試みられたが、古代の厩を意味する「駅」が定着することとなった。だからステイション・マスターも「駅長」となったわけで、百閒先生はこれにひっかけてシャレを言ったのである。

阿川弘之　一九二〇（大正九）—

「にせ車掌の記」を含む『お早く御乗車ねがいます』は、一九五八（昭和三三）年に出た著者の最初の鉄道エッセイ集である。その「あとがき」の中に、「こんな本が出ることになろうとは、私は全く夢想もしていませんでした」とある。中央公論社出版部の宮脇俊三さんが熱心にすすめてくれたお蔭だとのこと。もの書きとして知られる前の宮脇さんの編集者としての目のつけどころのよさが証明されている。

宮脇俊三　一九二六―二〇〇三（大正一五―平成一五）

「米坂線109列車　昭和20年」は一九八〇（昭和五五）年に角川書店から刊行された『時刻表昭和史』の最後の第13章であるが、わたしはかねがね昭和二〇年八月十五日を描いた短篇の傑作のひとつと評価しているので、あえてここに収録した。後にこの後に戦後を扱った章を加えて『増補版　時刻表昭和史』が一九九七（平成九）年に同じ角川書店から刊行された。

小池　滋　一九三一（昭和六）―

「鳥めし、駅弁初詣で」は一九九三（平成五）年四月号の『別冊文藝春秋』に発表され、読み切り連載「じょっぱり列車」の第一回となった。後に一九九六（平成八）年に『じょっぱり先生の鉄道旅行』（文藝春秋）の中に収められた。

最後に、この本を読んで興味を覚え、もっと多く読みたい気になった方に次の本をご紹介しよう。

佐藤喜一『汽笛のけむり今いずこ』（一九九九年、新潮社刊）

同『されど汽笛よ高らかに——文人たちの汽車旅』（二〇〇二年、成山堂書店刊）

きむらけん『日本鉄道詩紀行』（二〇〇二年、集英社新書）

この本の文字表記とテクストについて

読みやすさを考慮し、歴史的かなづかいは現代かなづかいに、旧字は新字にあらためた（ただし、詩作品と内田百閒「時は變改す」をのぞく）。読みにくい漢字にはふりがなをつけた。

本書に収録した作品のテクストは左記の通りである。

国木田独歩「空知川の岸辺」―『日本の文学』6、ほるぷ出版、一九八五年
田山花袋「少女病」―『明治の文学』23、筑摩書房、二〇〇一年
永井荷風「深川の唄」―『明治の文学』25、筑摩書房、二〇〇一年
萩原朔太郎「夜汽車」―『日本の詩歌』14、中央公論社、一九六八年
萩原朔太郎「新前橋駅」―同上
宮沢賢治「岩手軽便鉄道　七月（ジャズ）」―『新校本・宮澤賢治全集』3、筑摩書房、一九九六年
宮沢賢治「ワルツ第CZ号列車」―『新校本・宮澤賢治全集』6、筑摩書房、一九九六年
小野十三郎「風船と機関車」―『小野十三郎著作集』1、筑摩書房、一九九〇年
金子みすゞ「踏切」―『金子みすず童謡全集』、JULA出版局、二〇〇四年
金子みすゞ「ねんねの汽車」―同上

金子みすゞ「仔牛」―同上
中野重治「機関車」―ちくま日本文学全集『中野重治』、筑摩書房、一九九二年
中野重治「雨の降る品川駅」―同上
芥川龍之介「トロッコ」―ちくま日本文学全集『芥川龍之介』、筑摩書房、一九九一年
志賀直哉「軽便鉄道」―現代日本文学大系34『志賀直哉』、筑摩書房、一九六八年
谷崎潤一郎「為介の話」―『谷崎潤一郎全集』10、中央公論社、一九八二年
中野重治「停車場」―『中野重治全集』1、筑摩書房、一九五九年
志賀直哉「灰色の月」―ちくま日本文学全集『志賀直哉』、筑摩書房、一九九二年
北川冬彦「豚」―『日本の詩歌』25、中央公論社、一九六九年
北川冬彦「ラッシュ・アワア」―同上
北川冬彦「壊滅の鉄道」―同上
安西冬衛「春」―同上
安西冬衛「普蘭店といふ駅で」―同上
安西冬衛「哺乳」―同上
北園克衛「電車」―同上
竹中郁「撒水電車」―現代詩文庫1044『竹中郁詩集』、思潮社、一九九四年
竹中郁「停車場」―同上
竹中郁「車中偶成」―同上

竹中郁「地上の星」─同上
内田百閒「時は變改す」─『新輯内田百閒全集』13、福武書店、一九八八年
阿川弘之「にせ車掌の記」─『お早く御乗車ねがいます』、中央公論社、一九五八年
宮脇俊三「米坂線109列車」─『宮脇俊三鉄道紀行全集』2、角川書店、一九九九年
小池滋「鳥めし、駅弁初詣で」─『じょっぱり先生の鉄道旅行』、文藝春秋、一九九六年

編者について

小池滋（こいけ・しげる）
一九三一年東京生まれ。東京大学文学部卒業。英文学者。東京都立大教授、東京女子大教授をつとめた。ディケンズ研究の第一人者にして無類の鉄道好き。

著書
『英国らしさを知る事典』（東京堂出版）
『「坊っちゃん」はなぜ市電の技術者になったか』（早川書房）
『ゴシック小説を読む』（岩波書店）
『イギリス鈍行列車の旅』（NTT出版）
『絵入り鉄道世界旅行』（晶文社）
『ディケンズとともに』（晶文社）
ほか多数。

訳書
『ジェイン・エア』（みすず書房）
『オリヴァー・トゥイスト』（ちくま文庫）
『ギッシング短編集』（岩波文庫）
ほか多数。

鉄道愛《てつどうあい》［日本篇《にほんへん》］

二〇〇五年六月三〇日初版

編者　小池滋
発行者　株式会社晶文社
東京都千代田区外神田二-一-一二
電話東京三二五五局四五〇一（代表）・四五〇三（編集）
URL http://www.shobunsha.co.jp
堀内印刷・美行製本